YAŞLI ADAM VE ŞİİR

ÇOCUĞUN DÜNYASINDAN
ÜNLÜ ŞAİRLERE

Yazan
Yusuf Solmaz

Bu kitap daha önce klasik yöntemle Şiir İçten Gelen Bir Şeydir adıyla basılmış, yıllar sonra Yaşlı Adam ve Şiir adıyla yazarı tarafından gözden geçirilerek e kitap şeklinde yeniden düzenlenmiştir.
Gözden geçirilerek yeniden düzenlenmiş 2. basım dağıtım
YAŞLI ADAM VE ŞİİR
Çocuğun Dünyasından Ünlü Şairlere
2. Baskı
Dijital Yayın
PDF formatında 1. Basım Tarihi: 11 Kasım 2017
Ebup formatında 2. Basım Dağıtım Tarihi: 17 Kasım 2017
Yayın Yeri: Türkiye

KİTAP HAKKINDA

Yaşlı amca, basılmasını istediği kitabını şöyle tanıtmıştı o gün bana: "Önemli bir kitap bu. Hiç düşündünüz mü çocuklar, şiir hakkında, özellikle de Türk şiir tarihinde İkinci Yeni Şiiri diye adlandırılan şiirden ne anlarlar? Çok emek harcadım... Bazı şiirlerden hareketle çocukların düşüncelerini araştırdım bu çalışmamda. Evet, bunu yaptım ben. Çocuklar, şairler, şiirler ve şiir yazmak hakkında neler düşünür? Bence önemli bir konu. Şiirlerine çocuk yorumu yapılan şairlerin listesini mi istiyorsunuz? İşte liste: Cemal Süreya, Ece Ayhan, Salah Birsel, Özdemir Asaf, Edip Cansever, Gülten Akın, Ahmet Oktay, Turgut Uyar, İsmet Özel, Orhan Veli Kanık, Fazıl Hüsnü Dağlarca, Melih Cevdet Anday, Can Yücel, Oktay Rıfat, Atilla İlhan, Şükrü Erbaş, Ahmet Telli, Aydın Şimşek... Evet... Şairler, şiir yazarken çocukları da düşünüp korksunlar bence. Meydanı boş sanmasınlar. Çocukların da ruhu var, onlar da şiir adı altında kimin ne dediğini anlıyor. Hem de çok iyi anlıyorlar, bilesiniz.

*

On beş yıl kadar önce bir yayınevinde editör olarak çalışıyordum. Ya da şöyle başlamalıyım söze: Aslında bir ara, yayıncı olmak istemiştim. Tecrübe kazanmak için bir yayınevine gittim. Onlar da gönüllü olarak çalışma isteğimi kabul etmişti. Saatlerce kitap okuyor, düzeltme yapıyordum. Arada sırada yemek verirlerse karnımı doyuruyordum. Genellikle, yayınevinin sahibi ekmek arası köfte söylerdi... O kadar çok işsiz üniversite mezunu vardı ki ortalıkta... Yayıncı için editör bulmak sorun olmuyordu. Kendisi ortaokul mezunuydu ama üniversite diploması olan en az on kişiye iş vermişti... Ben de bu işi yapmak istiyordum ama gönüllü çalışma dışında kimse yeni bir eleman istemiyordu.

O güne değin yayın dünyasının ne kadar saçma, acımasız, para canlısı bir sektör olduğunu bilmiyordum. Ne sanıyordum biliyor musunuz? İnsanların canla başla kültüre katkı olsun diye kitap çıkardığını sanıyordum. En iyi kitabı bulmak için yayıncılık yapılır sanıyordum. Adamların tek derdi kazanmaktı. Hangi kitap para getirir, hangisi getirmez ona bakıyorlardı. Bunun dışında bir ölçü yoktu. Bu da benim canımı sıkıyordu. İsimleri bilinmeyen, kendi kendine bir şeyler yazan yazarların kitapları, değerlendirilmeye bile alınmıyordu.

Bu yazarlardan biri, emekli öğretmendi. O günlerde yayınevi sahibi başka bir şehre gitmişti. Ben de patron gibi koltuğa oturmuş bir şeyler okuyordum. İçeriye yaşlı bir amca girdi. Beni de yayınevinin sahibi sandı. Elinde bir dosya vardı. Kitabını basmamızı öneriyordu... Tabi önce dosyanın incelenmesi gerekecekti... "Ne kadar sürede incelenir?" diye sordu. Doğru cevap aslında, "Kârlı bir iş mi değil mi, önce buna bakılacak," şeklinde olacaktı. Kârlı bir iş olduğuna karar verilirse hemen okunur, kâr getirmeyecekse yıllarca inceleme sırasının gelmesini beklerdi. Neyse... Amcaya bunları söylemek doğru olmazdı. Sadece, "Birkaç ay sürebilir," demekle yetinmiştim. Biraz da haline üzülmüştüm.

Acaba ben de mi bir gün böyle olacaktım? Aylarca, belki yıllarca emek verdiğiniz bir kitabı bastıramamanız ne kötü... Üstelik amca çok mahcup görünüyordu. Kendinden utanır gibi bir hali vardı. Bir de şiir kitabı yazdığını ama şiirlerini bastıramadığını söylemişti. Getirdiği dosya, şiir üzerine yapılmış bir araştırmaya benziyordu. İlk bakışta ne olduğunu bir türlü anlayamadım. Zaten o sırada amca anlatıyor, ben de dinliyordum. "İlginizi çekecek bir çalışma bu... Kendim yazdım diye söylemiyorum... İnanın bugüne kadar kimse böyle bir araştırma yapmamıştır. Yok yani... Dünyayı tarasanız bu kadar özgün bir kitap bulamazsınız," demişti. Ben de "çay içer misiniz?" diye sormuştum. Çaylarımız bitinceye kadar, neden böyle bir kitaba ihtiyaç olduğunu anlatmıştı. Gerçi anlattığı her şey bana saçma gelmişti ama o, inanarak anlatıyordu. Bu yüzden dikkatle dinliyordum. Neyse, uzatmayayım... Amcanın kitabını, yayınevinin basması mümkün değildi. Böyle bir kitap, kimseye kuruş kazandırmazdı. Bu gerekçenin bir şekilde yazara aktarılması gerekiyordu. Buna benzer lüzumsuz işleri bana bırakmışlardı. Bu görevi üstlenmiş olmaktan bir süre sonra nefret ettim. Bir nevi kitap celladı olmuştum. Aslında kararı başkaları veriyor, ben de bu kararın aktarıcılığını yapıyordum. Başlangıçta hoşuma gidiyordu. Bir nevi otorite konumuna yükseldiğimi sanıyordum. Ben de az aptal değildim doğrusu... Ama bu kitabı okumak istiyordum. Amcayı üzmeden ona kitabıyla ilgili düşüncelerimi aktaracaktım.

Aradan bir ay geçti. Bir ayın sonunda bir telefon geldi. Amca, kitabının akıbetini soruyordu. İncelemeyi ben yaptığım için, hemen cevap veremedim... "Birkaç güne kadar belli olur," şeklide ağzımdan bir şey kaçırdım. Aslında bunu demek istememiştim. Adam, merakla bekleyeceğini söyleyerek telefonu kapatmıştı.

Kitap gerçekten ilginç gelmişti bana. Yayınevi sahibi dosya ilgili görüşlerimi dikkatle dinlemişti. "Bu kitap satmaz belki ama şiir üzerine özel bir çalışma olmuş. En azından şiir sanatına bir katkı olur," demiştim; sanki karşımada edebiyata hizmet etmek amacıyla kurulmuş bir hayır kurumu varmış gibi... Sonuç, tahmin edeceğiniz gibi olumsuz olmuştu. Amca, bir daha telefon ettiğinde, durumu açıklayacak, istediği zaman da yayınevine gelip dosyasını alabileceğini söyleyecektim. Belki başka bir yayınevine gitmek isterdi bundan sonra. Ama amcadan bir daha ses seda çıkmadı. Ben de unutup gitmiştim... Telefonu artık cevap vermiyordu. Buna rağmen birkaç kez aradım. Telefon artık tamamen kapanmıştı. Aradan biraz daha zaman geçti. Kitabı unutmaya başlamıştım artık. Amca dediğim yazar, yaşlı biriydi. Çocuk gibi saf birine benziyordu.

Bunca yıl aradan sonra şimdi size, nerede olduğunu bilmediğim bu amcanın kitabını aktaracağım. Yaşıyorsa, inşallah bana ulaşır, yaşamıyorsa kendisine Allah'tan rahmet diliyorum.

YAŞLI AMCANIN ÖNSÖZÜ

Yaşlı amcanın kitabında ilginç bir önsüz vardı. Önsöze, "Günümüz şiirini çocuklar nasıl algılıyor?" sorusuyla başlamıştı. Şöyle devam etmişti:

Çocukları, yetişkinlerden ayıran önemli bir özellik de daha doğal olmalarıdır. Yargıları bazı etkilerden bağımsızdır. Hepimiz, kralın olmayan giysisi için ne kadar güzel derken, bir çocuk çıkar ve: "Kral çıplak!" der. Bu yüzden günümüz şiirinden ne anladıklarını bir de çocuklara sormak istedik. (Sanırım amca, bu araştırmayı bir ekiple yaptığını söylemek istiyor. Ama ben buna o zaman da inanmamıştım. Ortada ekip diye bir şey olamazdı.) Hiç tanımadıkları, ya da çok az tanıdıkları şairlerin alışık olmadıkları şiirlerinden ne anlıyorlardı acaba? Bu çalışmanın amacı genel olarak, çocuğun günümüz şiiri hakkındaki bakış açısını öğrenmektir. Araştırmayı yapmaya başladığımızda, (Görüyorsunuz işte. Amca hala bir ekipten söz ediyor.) belki de diyorduk, çocuklar gülünç şeyler söyleyecek, biraz gülüp eğleneceğiz... Ama öyle olmadı. Çocuklar hem güldürdü hem şaşırttı hem de düşündürdü bizi. Hiç beklemediğimiz sözler söylediler. Bazı yorumları yorum olmaktan çıktı, yeni bir şiir oldu. Benim bu yorumlardan çıkardığımız sonuç şudur: "Kral en azından tamamen çıplak değil!" Çocuklar okudukları şiiri genel olarak anlıyorlar. Okudukları dizelere farklı bakış açıları getirebiliyorlar.

O halde, neden şiir az okunuyor? Şairlerimiz, neden anlaşılmaz şeyler yazmakla suçlanıyorlar? Bu soruya cevap vermeden önce, çocukların şiirle kurduğu ilişkiye değineceğim. Çocuk dediğimizde aklımıza ilk olarak 23 Nisan şiirleri gelir. Doğru mu? "23 Nisan, 23 Nisan, neşe doluyor insan!" Okula yeni başlayan her çocuk ilk olarak bu ve buna benzer şiirlerle tanışıyor. Çocuğa yönelik hemen her şiir oldukça basit bir dille yazılmalıdır. Çocuk şiiri yazanlar öncelikle şunu düşünürler: "Acaba çocuk bu şiiri anlayabilir mi?" Anlayamaz çünkü çocuk şiiri somut olmalıdır. Buna neden, çocuğun soyut düşünme yeteneğinin yeteri kadar gelişmediği varsayımıdır. Bu görüş birçok bakımdan doğrudur. Gerçekten de çocuklar, önce somut olanı anlarlar. Biz yetişkinler bu bilimsel bilgiden hareketle onlara yönelik somut şiirler yazarız. Yazdığımız şiirlerin hem eğitici hem de öğretici olmasını isteriz. Bir bakıma şiiri, onların anlayacağı düzeye indiririz.

Bunu yaparken verdiğimiz ödünler: Bir; şiiri şiir olmaktan çıkarıp, eğitici, öğretici bir metin haline getirmek. İki; aslında şiir yazmadığımız halde, kelimeleri alt alta dizerek şiir yazığımızı iddia etmek. Üç; sıkça kötü şiir örnekleri sunarak, çocuğun estetik beğeni düzeyini sekteye uğratmak... Şiiri, önemli gün ve haftalarda okunan sıkıcı bir etkinliğe dönüştürmek... Elbette, her çocuk şiiri kötü değil. Sayıları az da olsa, nitelikli şiir örneklerini bu yorumun dışında tutuyorum...

"Çocuktaki şair, şairdeki çocuk," şeklindeki tespitimi biraz açmak isterim: Bana göre çocuk, yaşam algıları bakımından şiire en yakın kişidir. Yıllarca okullarda çocuklarla iç içe yaşadım. İlköğretim öğrencilerini yakından tanıyorum. Biz yetişkinler yaşadıkça bazı heyecanlarımızı kaybediyoruz. Ne zaman yağmur, kar yağsa çocuklara: "Üşütürsünüz, ıslanırsınız, dışarı çıkmayın!" diyoruz. Ama onlar, zil çalar çalmaz kendilerini dışarı atıyorlar. Karda üşümek, yağmurda ıslanmak istiyorlar. "Ama hasta olursunuz!" Kim ne derse desin aldırmıyorlar. Minicik elleriyle kartopu oynuyorlar, yağmurun altında iliklerine kadar ıslanıyorlar... Ne güzeldi o günler... Bir zamanlar biz de onlar gibiydik. Büyüdükçe daha gerçekçi olmaya başladık; kar yağınca üşüyeceğimizi, yağmur yağınca ıslanacağımızı, hasta olacağımızı iyice öğrendik. Çocukların mantığı böyle çalışmıyor. Aslında ben, "şair kim?" diye kendime sorduğumda, aklıma ilk gelen isim "çocuk" oluyor. Çocuklar hayatı şiir gibi yaşıyorlar. Onlar gibi yaşamak, hissedebilmek için insanın önce şair olması gerekmez mi? Beş yaşındaki bir çocuğun hayallerini dinlediğinizde; "Ne diyor bu?" dersiniz, duyduklarınıza inanamazsınız. O konuşma bazen şiir gibidir. Bana göre formül şu: Şair eşittir çocuk, çocuk eşittir şiir, şiir eşittir; insan... Sözünü ettiğim "çocuk" insanın atası anlamındaki çocuktur. Çocuklar şiirse, şairler bir zamanlar şiir olduklarını unutmayan çocuklardır. Ne yazık ki çoğumuz bunu unuttuk. Bir zamanlar hayatı şiir gibi yaşarken, kendi küçük dünyalarımıza kapandık, kendimizden başkasını görmez olduk. Belki de bu yüzden, şiirden uzaklaştık.

"Şiir bitti mi, bitiyor mu?" sorusuna ben de bir cevap vereceğim izninizle. Kimileri, "Şiir bitti mi, bitiyor mu?" tartışmalarını yaparken, insanlar hala olanca gayretleriyle şiir yazmayı sürdürüyorlar. Dünyayı değiştirmek için mi? Birçok şey için; insanın daha çok insan olması için belki... "Güzel günler göreceğiz çocuklar" derken yalan mı söylüyorlar? Belki de o güzel günleri hiç görmeyeceğiz. Eşitsiz bir dünyada, kan gölü içinde yaşayıp duracağız. Yine de şiire çok ihtiyacımız var. Jean Cocteau'nun dediği gibi, "hep doğru söyleyen bir yalancıdır şair." Bilmiyorum, belki de insanlar yoruldu. Yalan duymak, masal dinlemek istemiyorlar artık...

Şairi çok, okuru az bir ülkeyiz. Başka ülkeler bizden farklı mı? Sanmıyorum. Benim bundan çıkardığım sonuç şudur: İnsanlar şöyle ya da böyle kendilerini şiir yoluyla anlatmayı seviyor. Herhangi birinin yazdığı bir şiiri düşünelim. Lise öğrencilerinin şiirleri mesela... Bu şiirlerin ne kadar kaliteli olduğu ya da olmadığı o kadar önemli değil. Önemli olan insanın şiirle iletişim haline geçmiş olması, yarım yamalak cümlelerle de olsa kendini açmaya çalışması...

Bazı insanların vasiyeti; kendilerine ya da başkasına ait bir mısranın mezar taşlarına yazılmasıdır. Bu dizeler bazen o kadar basit görünü ki, ama arkasında büyük bir hayat deneyimi vardır. Küçücük bir dizeye gizlenmiş ürkek bir yüreğin vasiyetidir bu... "Biz bu dünyadan gider olduk, kalanlara selam olsun." diyen bir ses... Kalanlara hiçbir şey söylenmiyor gibi görünse de aslında o kadar çok şey söyleniyor ki... Diyelim bu dize bir marangoz ustasının mezar taşında yazıyor. Hayatı boyunca bir tek dize yazmamış olsa bile bu usta, kelimenin tam anlamıyla şairdir: Bazıları şiir yazar ya da yazdığını sanır, bazılarıysa hayatını şiir gibi yaşar. Bu yüzden olsa gerek, bugüne kadar mezar taşlarında gördüğüm her dizeye saygı duymuşumdur. Hayatı şiir gibi yaşamak bir tarafa, şiirle uğraşanlara J.Cocteau'nun şu sözünü hatırlatmak istiyorum: "Gerçek şair, şairane olmaya kalkışmaz, tıpkı bir bahçıvanın güllerine koku vermeye kalkışmayacağı gibi..." Şair olmak amacıyla şiirle uğraşanların bilmediği en önemli gerçeğin bu olduğunu düşünüyorum. Birçok şair gerçek anlamda bahçıvan değil, başkalarından aldıkları naylon çiçekleri gül diye bizlere yutturmaya çalışıyorlar. Kimi şiir otoritelerinin beğenisini de parfüm niyetine bu güllere sıkıyorlar.

Konu sanat olunca insan önünde sonunda gerçeği görür. Sanat olmayan hiçbir şey zamanın süzgecinden geçemez. Şiir otoritelerinden alınan ödüller gün gelir leş gibi kokmaya başlar. Peki... Şimdi size bir soru: İyi şiir yazmanın ölçüsü ne? Çok sözcük bilmek mi? Hayır...

İnsan, bilebildiği sözcükler kadar kendinden ve hayattan söz eder. Çok sözcük bilen iyi şiir yazar, az sözcük bilen kötü şiir yazar diye de bir şey yok. Âşık Veysel'in dilindeki sözcük sayısı bu çağdaki bir köylünün dilindeki sözcük sayısından fazla değildir. Bu rağmen sevgili Veysel çok güzel şiirler yazmıştır.

Tekrar mezar taşlarına dönecek olursak... Bu taşlardaki az sözcüklü dizeler insanı derinden etkiler, sarsar. Karşınızda gerçek bir bahçıvan görürsünüz. Üniversite okumamış, hatta okuryazar bile olmayan birini: "Öldüğümde şu sözümü ya da şu sözü mezar taşıma yazın," diyen birini... Kim bu insan? Ölümle mücadele eden biri; öldüğü halde ölü olduğunu bilmeyen bir ses: Şiir bu işte...

Çocukluğumda, bir mezarlığın içinden geçer, geniş bir alanda birkaç arkadaşla uçurtma uçururdum. O mezar taşlarının altındakiler ölmemişti, başka bir boyuta yaşamaya devam ediyorlardı sanki. Diğeriyse (mezar taşlarına yazı yazdırmayanlar) ölüydü. Öldüklerinde bir mısra bile bırakmamışlardı arkalarında. Yalnızca ölmüşlerdi o kadar. Özellikle şiir başta olmak üzere, bütün yazı türleri ölmüş bir insanı bile canlı gibi hissetmemize neden oluyor. Bu inanılmaz bir güç.

Ne kadar modernleşmiş olursak olalım, şiire verdiğimiz önem bakımından ilkel insanla aramızda önemli bir fark yok. Genel anlamıyla sanat, kim olduğuna, hangi çağda yaşadığına bakmaksızın insanın özüyle ilgileniyor... Özümüz o kadar karışık ki, bu yumak ancak şiirle çözülür, çözülebilirse... Şunu demek istiyorum: İnsan, tarihin her döneminde hep aynı... Bilgisayar çağında yaşamamız bizi at ya da eşeksırtında seyahat eden, mum ışığında oturan Platon'dan, Yunus Emre'den daha büyük yapmıyor. Tarihteki birçok düşünürün, halk ozanının insani duyarlılık ve bilgi düzeyine bugün bile birçok insanın ulaşmadığı açık. Aramızdaki en güçlü bağ şiir... Şiir, ruhlarımız arasındaki en büyük köprü... Yıkılması, yok edilmesi mümkün olmayan bir köprü...

Şimdi de "Hangisi sanat?" sanat diye bir soru sormak istiyorum. Çok satan şiir kitaplarını düşünelim ya da yaygın olarak dinlenen şarkı sözlerine bakalım. Diyebilirim ki bunların yüzde doksanında şiirsel bir anlatım, derin bir içerik yok ama milyonlar bu müzikle avunuyor. Sıradan insan, klasik müzik dinlemiyor. Hatta üniversite mezunlarının bile büyük bölümü dinlemiyor. İyi sanatın üreticisi de tüketicisi de ne yazık ki az. Yalnız biz de mi, bütün dünyada böyle. Günümüzde şiir alıcısının ciddi oranda azaldığı biliniyor. Yayınevleri, şiir kitabı basmak istemiyor. Hatta bu şiirler bazen, bir yerlerden ödül dahi almış olabiliyor. Ödüllü şiir kitaplarının bile alıcısı kalmadı. Kitapevlerinin rafları yıllardır satılmayan, yaprakları sararmış şiir kitaplarıyla dolu. Ah dostlarım... Bu durumu nasıl açıklayabiliriz? Sesli düşünüyorum. Bir yorum şöyle olabilir mi? Çağ değişti, herkes makineler gibi monotonlaşıyor. Paranın büyük değer olduğu günümüzde duygulara yer kalmadı. Duygusallık saflık sayılıyor. Herkesin birbirini aldatmakla meşgul olduğu bir düzende duygulara, ince davranışlara yer bulunamaz. Artık kimse romantik değil. Günümüz toplumu gerçekçilikten yana. Gerçekçilik demek daha çok para kazanmak demek... İnsan yanımızı örten, zayıflık olarak gören bir çağın insanlarıyız. Doğum günlerimizi sevdiklerimiz değil, bankalar hatırlıyor artık. Büyük bir çarkın içinde olduğumuzu, bu çark için, bir anlam ifade etmediğimizi biliyoruz. Gerçek buysa o halde neden öteki şiirin; basit şiir, kalitesiz şiir denilen şiirin okuru azalmıyor?

Belki de şiire en çok ihtiyaç duyduğumuz bir çağ bu... Ne dersiniz bu düşünceme? Haksız mıyım? İnsanlar kalabalık caddelerde, evlerinin, iş yerlerinin soğuk duvarları arasında yalnız. Tarihinin hiçbir döneminde bu kadar yalnız olmamıştık. Evimiz, arabamız, bankada yüklüce paramız olsa da mutlu değiliz. Bu yalnız insan, nitelikli şiir dediğimiz şiiri okumasa da, şiiri unutmamıştır. İnsanı insana en iyi anlatın şeyin şiir olduğunu kimse unutmuyor, unutamıyor. Her şey para da olsa unutmuyorlar.

Yazdığı şiirleri birileriyle paylaşmak isteyen insan sayısı o kadar çok ki. Bu şiirler gerçek anlamda şiir olsa da olmasa da insanlar yalnızca şunu istiyor: "Sesimize sahip çıkın, unutulmak istemiyoruz!" Neler saçmalıyorum ben böyle. Ama olsun. Saçma da olsa bunlar benim düşüncelerim. İleride saçmalamadığımı anlayacağınızı umut ediyorum. Neyse... Birçok insan, yayınevlerine, şiir kitaplarının basılması için para vermeye bile razı. "Şiir okunmuyor, boşa uğraşıyorsunuz, yazmayın artık," deseniz bile onlar kitaplarını bastırmak istiyorlar. Telif haklarından bile vazgeçmiş durumdalar. Buna rağmen kimse dönüp yüzlerine bakmıyor bu şairlerin. Bu durum öyle üzer ki beni... Oysa bu insanlar o kadar güzel şeylere layıklar ki, bu muameleyi asla hak etmiyorlar.

"Sen şair değilsin kardeşim, şiir yazmayı bırak!" Buna benzer şeyler duyuyorlar genellikle. Bu saygısızlığı yapanlarsa çoğunlukla şiiri de ticari bir meta olarak görenler; Robert Graves'in şu sözünü bilmeyenler: "Şiirde para yoktur, ama parada da şiir yoktur." Evet, şiirde yalnız duygular var, para yok, hiçbir zaman da olmadı.

Parayı düşünmeden şiir yazmış insanlara buradan bir kez daha selam ediyorum. Keşke, hatıralarını bir yerde toplaya bilseydik ve onlara saygılarımızı sunabilseydik. Neden anılarımızı biriktirdiğimiz bir kütüphane kuramadık? Uzun zamandır ülkemizde böyle bir kütüphane olması gerektiğini düşünüyorum. Bu kütüphaneye isteyen herkes şiirlerini, anı defterlerini, hatta aile fotoğraflarını hediye etmeli. Bu defterler ciltletilerek, diğer kitaplar gibi okuyucuların hizmetine sunulmalı. (Amcanın sözünü ettiği yıllarda internet; sosyal medya bu kadar yaygın değildi. Bunu öylesine bir bilgi olarak hatırlatma gereği duydum.) İnsanın hayatta bunlardan daha değerli hiçbir şeyi yok. Öldüğümüzde yalnızca mallarımıza sahip çıkarlar. Vazgeçtiğimiz, hiç önemsemediğimiz şeylere yani. Çok önemsediğimiz, asla vazgeçemeyeceğimiz şiir defterlerimizi, anı defterlerimizi, fotoğraflarımızı ise kaldırıp çöpe atacaklar.

Yıllarca milletvekilliği yapmış birinin aile fotoğraflarını, şiirlerini ya da anı defterini bile bir gün bitpazarında bulabilirsiniz. Giderek yalnızlaşan dünyada bu tarz örnekler giderek çoğalıyor. Kimsenin önemsemediği insan yanımızın ürettiklerine hiç olmazsa devlet sahip çıkmalı. Bunun düşünü bile kurmak o kadar güzel ki... Binlerce, on binlerce yayımlanmamış şiir, anı defteri, öyküler, romanlar, fotoğraflar... Tümü de amatör yazarlara, fotoğrafçılara ait... Bu kadar malzemenin çöpe gitmesine engel olmak az şey mi? Amatörlük o kadar önemli bir duygu ki... Sanatı sanat yapan tek şey... Bu duyguyu yitiren sanatçılar zamanla sanatçılık özelliğini kaybediyor. Piyasanın istediği şekilde kitaplar yazmaya başlıyorlar ya da daha önce edindikleri yazar kimliğinin arkasına sığınarak, "Nasıl olsa insanlar bizi tanıyor, artık ne yazsak okunur," diyorlar. Sözünü ettiğim kütüphanede inanıyorum ki, hep amatör ruhla bir şeyler yapmış yüzlerce insan (belki sanatçı... Bilemeyiz) yer alacak. Zamanla, bu ürünler bir gün, aydınlığa kavuşacak... Olmaz mı, olamaz mı, kimse bunu bilemez

Sizin de bildiğiniz gibi yazılı kültürü zayıf bir toplumuz. Bizden daha çok başkaları bizim hakkımızda bir şeyler yazıyor. Osmanlı imparatorluğu hakkında bile elimizde yeterli kaynak yok. Orhun Abideleri'ni okuyanlar da yabancılardı. Bizler tarihimizle ilgili iki eser yazmışsak, özellikle Avrupalılar bizi anlatan yüz eser yazmıştır. Sıradan insanların o dönemlerdeki gezi notlarını bile kitaplaştırmışlar.

Sakın yanlış anlamayın beni... Yazılı bütün metinlerimizi basalım demiyorum. Hiç olmazsa saklayalım... Belki bir gün birileri okumak isteyecek bunları... Okuduklarında bizim görmediğimiz şeyleri görecekler. Okur oranı giderek azalan bir ülkede yaşıyoruz. Diyelim ki çağın en güzel romanını, şiirini siz yazdınız. Yayınevleri soruyor: "Sen kimsin kardeşim? Ödülün var mı? Yazarlık geçmişin ne kadar?" Ağzınızla kuş tutsanız bile kimseye yaranamazsınız. "Keşke pop star yıldızı Bayhan anılarını yazsa da yayımlasak diye düşünür bu zihniyette ki yayıncılar... Ya da Selim İleri gibi yazarlara bile; "Bak, halk seni seviyor. Sevdiğin yemekleri anlatan bir kitap yaz da basalım," derler. Bağışlayın beni ama yayın piyasası bu durumda olan bir ülkede yaşıyoruz ne yazık ki.

Kültür Bakanlığına öneriyorum: Hangi siyasal görüşten yana olursanız olun, lütfen bu konuya el atın. Dünyada bir örneği var mı bilmiyorum. "Anı Defterleri Kütüphanesi" gibi bir kütüphane insana verilen önemin de bir göstergesi olacaktır. Biz, birkaç öğretmenle bu projeyi hayata geçirmeye hazırız. Ne yapılacağını, nasıl yapılacağını biliyoruz. Yeter ki yetkililer bize destek olsun.

Dediğim gibi bu kütüphanedeki metinlerden bazıları tarihin süzgecinden geçerek bir gün gün ışığına çıkabilir. Çok geç kaldığımız, bütün çabalara rağmen geliştiremediğimiz yazılı kültürümüz gelişme yolunda yeni bir ivme kazanır. Yazan; fikir üreten, sanat üreten insanlarımız en azından yalnız olmadıklarını bilirler. Yıllarca üniversitelerde ders vermiş öğretmenlerimizin bile, anılarını, notlarını saklayamıyoruz. Her şey yok olup gidiyor. Kimse basmasa bile, bu eserlerin yok olmayacağını bilmek bizleri mutlu eder, bundan da önemlisi, kimsenin önemsemediği kimi metinler bir gün insanlara ışık olur. Zaman ne gösterir, nasıl bir değerlendirme yapar bilmiyoruz.

Şu aşamada bilmemiz gereken tek bir şey var: İnsanlarımız yazıp duruyor. Yayıncılarımız, daha çok nasıl para kazanırızın peşinde. Kültür hayatımız, günümüz yayıncılığına bırakılamayacak kadar önemli. Yayın hayatımızı tüccar zihniyetli bir grup yayıncının ticari kaygılarına terk etmemeliyiz. Kabile mantığında bir devlet değilsek bu duruma bir an önce müdahale etmemiz gerekiyor.

Goethe'nin şu sözünü hatırlayalım lütfen: "İnsan her gün biraz müzik dinlemeli, biraz şiir okumalı, güzel bir resim görmeli ki, dünyevi kaygılar Tanrı'nın insan ruhuna aşıladığı güzel duygusunu silip yok etmesin." Sanatın olmadığı yerde insan kabadır. Yalnız düşünceleriyle değil, duygularıyla da kabadır. Kaba insan kendini anlatamaz. Oysa insanın hayattaki, belki de en büyük arzusu anlaşılmak, kendisini ifade edebilmektir.

Şiir yazmanın; genel anlamda sanatla ilgilenmenin altında yatan bir neden de geleceğe kalma arzusu... "Bu dünyada ben de yaşamıştım." Birkaç dizeyle de olsa bunun bilinmesini, unutulmamasını istiyoruz. Kendini ifade etme aracı olarak şiiri seçen insan, farkında olarak ya da olmayarak önemli bir şey yapıyor. Elbette her şiir, şiir değil.

Şair olarak tanınma arzusu da sıkça karşılaştığımız bir durum ancak, herkes şair olayım diye şiir yazmıyor. Hiç yayınlanmasa bile kimi insanlar ölünceye kadar şiir yazmayı sürdürüyorlar. Çünkü insan en çok yazarken kendisiyle baş başa oluyor. Bu bile yazılan bütün şiirleri, anı defterlerini önemsememe yetiyor benim. Bir kez daha şu soruyu sorma ihtiyacı duyuyorum: Gerçekten şair kimdir? George Sand'ın şu sözüne katılıyorum: "Şiirin duyarlılıklarından soylu tatlar alabilen kişi, gerçek bir şairdir; ömrü boyunca bir tek dize yazmamış olsa da..." Şair biziz, şiiri en iyi biz biliyoruz diyenler bu sözü bir kez daha hatırlasınlar.

Bir dönem şair olarak tanınanların çoğu artık bilinmiyor. Adları bir yerlerde yazılı olsa da okunmuyorlar. Zaman, kimi isimleri dergilerin, kitapların saran yaprakları arasına hapsetti. Bu şairlerin tümü kötü şiir yazdığı için mi bu kaderi yaşıyor? Sanmıyorum. Bir gün edebiyatımızın yıllanmış, tozlu sayfaları arasından gün ışığına çıkacak isimler de olacaktır. Yeter ki edebiyat incelemesi, eleştirisi gelişsin, sıradan okurlar da okudukları metinler üzerine bir şeyler yazmaya başlasınlar. Edebiyat incelemesi, eleştirisi birkaç isim altında tekelleşince düşünce alanı daralıyor. Edebiyat, kesinlikle birkaç otoritenin beğenisine bırakılamaz.

İlerleme halkla olur. Halkın içinde olmadığı bir sanat ancak seçkinlere hitap eder. Oysa sanat, hiçbir zaman salt seçkinlerin üretimi olmamıştır.

Birkaç ay önce eski bir dergide, Amerika'da bir yayın evinin yayınlamayı düşündüğü öyküleri, romanları, şiirleri sıradan insanlara okutup onların düşüncesi doğrultusunda basıp basmamaya karar verdiğini okumuştum. Ne kadar güzel bir buluş. Bence de gerçek sanat jürisi halk jürisidir. Halkı küçümseyen bir sanat otoritesi sanat otoritesi olamaz. Okur dediğimiz çevre genel anlamıyla toplumsa, ondan öğrenmemiz gereken çok şey var. Otorite olmasın mı? Bugünkü anlamıyla olmasın. Akademisyenler olsun, "sanatın ne olduğunu en iyi biz biliriz," diyenler olsun ama hepsinden önce halk olsun.

Bugün seçkinler müziği olarak bilinen klasik müzik, caz bir zamanlar yalnızca sıradan insanın müziğiydi; temellerini onlar atmıştı. Sarayda rahat içinde yaşayan seçkinlerin zekâsı değildi, bu müziklerin, ilkel de olsa ilk aletlerini yaratan, o aletlerle notalara hayat veren güç... Biz sanatta otoriteyiz diyenler, yalnızca halkın yaratıklarının üzerine yeni bir şeyler koyuyor, sanat anlayışına yeni boyutlar kazandırıyorlar, o kadar. Doğal niteliğiyle sanat hiçbir zaman varsılların üretimi olmamıştır. Kim ne derse desin sanat hala yoksuldur. İlk kez, yoksullar tarafından üretilerek insanlığın hizmetine sunulmuştur. Doğduğu yerse insanlığın ortak evi olan mağaralardır. Bu Mağaralarda sanat otoriteleri yoktu ama insanlar resim yapmayı öğrenmişti. Bu resimler bugün bile sanatsal bir nitelik taşıyor, sanatla uğraşanlara ilham veriyorlar. Şunu demek istiyorum: Hiç kimse Müslüm Baba'yı dinleyenler gerçek sanattan anlamaz diyemez. Eğer Müslüm dinleyenler bizim yazdıklarımızdan bir şey anlamıyorsa önce dönüp kendimize bakmalıyız. Biz kimiz? Halktan yana gibi görünüp seçkinler edebiyatı yapanlar değil miyiz? Özellikle de "biz hala sosyalistiz" diyenlere soruyorum. Son yıllarda en çok bu kesim halktan uzaklaştı. Ülkenin en sosyal demokrat partisinin(!) halktan uzaklaşıp yalnızca tuzu kuruların partisi olması gibi...

Aydınların savunması genel olarak şöyle: "Halk cahil, bizi anlamıyorlar." Evet anlamıyorlar. Bu halk artık: "Sizi bizden daha iyi kimse anlayamaz," diyen aydınları anlamıyor. Bu toplumun Orhan Kemal'i, Sait Faik'i, Nazım Hikmet'i yok artık. İşsizliğin, zenginle yoksul arasındaki farkın giderek derinleştiği günümüzde kim bu insanların sorunlarını anlatıyor ki? Orhan Pamuk mu, Ahmet Atlan mı, Kürşat Başar mı? Kim? Hep halktan yana olduğunu söyleyen Selim İleri bile Bodrum kültürüne sıkışmış varsıl insanların bunalımları etrafında dönüp duruyor. Ne yazık ki bu halkın şairi, öykücüsü hatta roman yazarı, halkın uzağında durmayı marifet sayıyor.

Üniversite gençliği yalnız... Devlet politikaları yüzünden tarlasını ekemeyen köylü yalnız... Fabrikalardan, devlet dairelerinden kovulan işçiler, açlık sınırında yaşayan memurlar yalnız. Sağ siyasetten yana olan yazarların, şairlerin suskun olmasının bir nedeni, ne kadar ilkel de olsa; "Biz sağcıyız, onlar da sağcı. Devleti eleştiremeyiz," mantığı olabilir.

Bir kısım insan için eleştiri, düzeltmek değil, yıkmak anlamına geliyor. Özellikle sağcılar için... Sağın, sola yönelttiği en büyük suçlama: "Vatan haini olduğunuz için böyle konuşuyorsunuz!" "Asıl vatan haini sizsiniz!" Kısır bir tartışmaydı yaşananlar. Kimse kimsenin vatansever olduğuna inanmıyordu. Sosyalist çevre bugün de birçok şeyi eleştirmeye devam ediyor ama halk artık onlara da güvenmiyor. Fikirleri gibi, kabul ettikleri sanat anlayışı da halkın uzağına düştü. Toplumu anlatmayan, imge kalabalığından görünmeyen sanatı baş tacı yapıyorlar. Halkı kucaklayan bir sanatı gündeme taşımak için nasıl bir yol izlenmesi gerekiyor? Bu tür sorunlarla ilgilenmiyorlar bile... Mesela Orhan Pamuk'u, Ahmet Altan'ı kitapları çok satan yazarlar olarak hiç sevmediklerini biliyorum. Şöyle diyorlar: "Satılmışlar! Emperyalizmin işbirlikçileri..." Orhan Pamuk mu? Ahmet Altan mı? Böyle olduğu için mi çok okunuyorlar? Başka bir sorun var burada sevgili dostlar. Halkın yüzde doksanı emperyalizme düşman... Ayrıca emperyalizm bize rağmen mi oluyor? Biz borç istiyoruz onlar da veriyor. Adamlar: "Yüksek faizle veririz, ödeyemezsiniz," diyor, biz yine de, "olsun öderiz," diyoruz. Sonra da emperyalistler boğazımızı sıkıyor diye bas bas bağırıyoruz. Emperyalizmimden önce bizim kendimizle mücadele etmemiz lazım. Çalışmayı, üretmeyi her şeyden çok önemsemeliyiz ki kimse bizi sömürmeye kalkmasını.

Orhan Pamuk gibi, Ahmet Altan gibi yazarlar farklı bir yolda önemli bir şey yapıyor. (Amcanın sözünü ettiği bu yazarları hiç sevmediğimi özellikle belirtmek istiyorum.) Keşke halkı anlatsalardı. Elbette halkı da anlatıyorlar ama toplumun, bizlerin arzu ettiği gibi değil. Bu yazarların dünya görüşü şöyle: "Bizler herhangi bir ideolojiye bağlı değiliz." İdeolojiler yüzünden kan gölüne dönen dünyada böyle düşünenlerin varlığı o kadar önemli ki... Bence de ideolojiler olmasın. Tek bir ideoloji var, o da insanın kendisi, onun özlemleri, arzu ettikleri... Bu toplumun şairiyim, yazarıyım diyen önce kendine dönüp bakmalı. Toplumu anlattın da toplum seni anlamadı mı? 80'li yıllardan bugüne hiçbir şey olmamış gibi edebiyat yaparsan elbette kimse seni anlamayacaktır. "Günümüz gençliği ne kadar da apolitik, tek düşündükleri kendi gelecekleri, biz gençliğimizde böyle miydik?" dersen yine aynı hataya düşersin. "Bizler devrim marşlarıyla büyüdük onlarsa hala aşk türküleri dinliyor." Yirmi, otuz yıl öncesini düşünelim: "Ben solcuyum çünkü Alevi bir aileden geliyorum." "Ben sağcıyım, çünkü Sünni bir aileden geliyorum." "Bütün sağcılar kötüdür." "Bütün solcular kötüdür." "Yaşasın sağ ideoloji!" "Yaşasın sol ideoloji!" "Bizden olmayan bize düşmandır!" 80'den önceki mantık buydu; herkesin bir rengi vardı: Siyahlar kötüdür, kırmızılar iyidir. Renklere boyanarak birbirimize düşman ilan edildiğimizi kim görmüyordu? Bugünün, o çok eleştirilen, bencil, apolitik denilen gençliği böyle düşünmüyor. Türbanlıyla türbansız, oruç tutanla oruç tutmayan arkadaş olabiliyorlar. Kenan Evren ihtilali kabul edelim ki, sola büyük bir darbe indirdi. Sovyet Sosyalist Cumhuriyetler Birliği'nin yıkılmasına da mı Kenan Evren neden oldu? (Sevgili Amcam, ilerlemiş yaşına rağmen Kenan Evren'in kim olduğunu anlayamamıştı.)

Günümüz gençliği, Cumhuriyet yıllarındaki gibi Anadolu'nun bir köyüne gidelim de öğretmen olalım, ülkemizi kalkındıralım demiyor. Çağ değişti. "Okuyalım, bu saçma sapan üniversite sistemine rağmen okuyalım, Amerika'da, Avrupa'da iyi bir üniversitenin araştırma bölümünde iş bulalım," diye uğraşıyorlar. Bunun bize bir yararı var mı? Yurt dışında iyi üniversitelerde okuyan, bilim adamı niteliği kazanan gençlerimizin çoğu ülkeye döndüğünde çalışma alanı bile bulamayacak. Ne diyeceğiz şimdi biz bu gençlere? "Sizin gibi evlat olmaz olsun!" mu diyelim? Emperyalist sistem içinde olsalar da olmasalar da artık onlar farklı bir boyutta değiller mi? Diyelim AİDS'e, kansere çare buldular... Bunu da Amerika'nın araştırma olanaklarıyla yaptılar... Ne yapacağız, ne diyeceğiz o zaman onlara? "Dünyayı sömüren emperyalist bir ülkenin bilim adamlarısınız, yazıklar olsun size!" mi diyeceğiz?

Bugün ülkemiz sosyalistleri, "Dünya küreselleşiyor," deyince hop oturup hop kalkıyorlar: "Globalleşmek ne demek biliyor musun sen? Zenginler kendi aralarında örgütleniyor, yoksullar değil." Çözüm ne? "Bir tek çözüm var: Devrim." Kimle? Nasıl? "Elbette bu halkla!" Ama bu halk artık sizi anlamıyor ve desteklemiyor. "İyi önderlik yapamıyoruz da onun için!" İyi önderlik yapmanıza kim engel oluyor? Siyasi partilerse siz de siyasi bir partisiniz. Sanatınız gibi, siyasi görüşleriniz de artık bu halkı kucaklamıyor.

Beğenmediğiniz, 80 İhtilali'nin yarattığı "Kuş beyinli, zavallı gençlik!" dediğiniz gençlik, halk adına iş yapmayan iktidarları sağcı ya da solcu olmalarına bakmaksızın oylarıyla alaşağı ediyor. 80 öncesinin gençliği takım tutar gibi parti tutuyordu. Hepsinin de bir rengi vardı. Mavi olanlar kırmızı olanlara karşıydı. Daha sonra birileri bütün renkleri balon gibi patlattı... Bugünün gençliği renk tanımıyor, yalnızca yapılan işe bakıyorlar. "Partiysen; ülke yönetme iddiasındaysan işsizliğe çare bul. Sağcı olman, solcu olman beni ilgilendirmiyor. Ben iş istiyorum, insanca bir hayat istiyorum. Bunu bu ülkede bulamayacaksam yurt dışına çıkarım, geleceğimi başka ülkelerde ararım," diyor.

Sevgili insanlar... Bu mantık, eski kuşakların kabul ettiği "Çalı Kuşu" mantığı değil. "Çalı Kuşu" mantığı ulusal devlet temeli üzerine kuruluydu. Şimdiki gençlik ulusal devlet sınırlarını aşmış durumda. Kaba bir milliyetçiliği asla kabul edemeyiz artık. Amerika'da bilim adamı olmak yalnızca Amerika'ya hizmet etmek anlamına gelmiyor çünkü. Kim ne derse desin, iletişim teknolojileri artık ülke sınırlarını zorluyor. Ülkeler yok aslında, yalnızca dünya var. Amerikalı yok, İngiliz yok... İnsanlık var. Hepimizin önünde sonunda geleceği yer de burası. Gelecekte insan yalnızca dünyaya hizmet edecek. Ulusal devlet anlayışı, kabile anlayışının günümüze değin gelen ilkel bir uzantısı... Yeniçağın uygarlığı, renk, dil, din, ırk tanımayan, hepsini bir potada eriten bir uygarlık olacak... Gençliğin büyük bir çoğunluğu bunu biliyor artık. Bilmeyenler, "Türk'ün Türk'ten başka dostu olamaz," diyenler. "Avrupa bizi yutacak, dilimizi kültürümüzü unutacağız!" Yok, böyle bir şey... Hepimizi yutacak olan tek bir değer var, o da insanlığın ortak değerleri. Bu değerler ilahı olsun olmasın herkesi kucaklıyor: "Kimse kimseye haksızlık yapmayacak. Birlikte üretip insanca bir hayat yaşayacağız." Toplum artık bunu istiyor, istemeyenlere de bunu öğretmemiz gerekiyor. Şiiri, öyküsü, romanı yazılacak olan insan bu insan artık.

Erendiz Atasü, Patika Dergisi'nin 2004 Kasım-aralık sayısındaki söyleşisinde şöyle diyor: "Bana sorarsanız, çağımızın özelliği, hız, rekabet, kazanma hırsı, denetimsiz kar tutkusu ve hesaplarıyla, TV ekranlarından reklâm panolarına kadar her yanda karşımıza çıkan geçici ve niteliksiz imajlar bombardımanıyla bireyi ne yaşadığını algılayamayacak denli sersemleştirmesi, zamanı, hayatı ve kişiliği param parça etmesidir... Bu sürece eleştirel bakışı kim en özgün biçimde ifade edebilirse, günümüzden yarına kalacak edebiyat akımının —böyle bir akım doğacaksa tabi- temel taşlarını koymuş olacak."

Her yerde tartışılıyor bu sorun artık: Çağımız toplumu nasıl sanatsal bir form içinde anlatılabilir? Benzer tartışmaların çok daha fazla yapılması lazım ki edebiyatla uğraşanlar rahatsız olsun, alıştıkları yolda yürümekten vazgeçsinler, yeni kuşaklar bu tartışmalardan bir şeyler öğrensin...

Gerçekten de son yıllarda ülkemizde sanat adına ilginç şeyler yaşanıyor. Özellikle de şiir alanında... Şair olmayan birtakım isimler televizyon kanallarında şiir programları yapıyorlar. Salonlarda gençlere şiir okuyorlar, şiir yazıyorlar, şiir kitapları bastırıyorlar, doldurdukları şiir kasetleri yok satıyor...

Durum açıkça ortada: Bir tarafta, halkın büyük bir bölümü, bir kesim tarafından "sözde şair" olarak tanımlanan bu şairlerin şiirlerini okuyor, dinliyor, ezberliyor. En az kesime hitap eden şairlerse hala, "gerçek şair bizleriz," diyorlar. Gençlerimiz, nitelikli edebiyat dergileri dediğimiz dergilerde yayınlanan bu şairlerin şiirlerini mi okuyorlar? Hayır. Ne yazık ki günümüz şiiri gençliği kucaklamıyor. Gençlik başka tür şiirler okuyor, dinliyor. Bunların çoğu aşk şiirleri... Sözünü ettiğimiz dergilerde aşk şiirleri yayımlanmıyor mu? Yayınlanıyor ama gençlik bunları anlamıyor. "Gerçek şiiri biz biliyoruz, biz yazıyoruz," diyenler bu konuda ne düşünüyorlar? Bu şairlerin genellikle sol ideolojilerden, demokratik düşüncelerden beslendiklerini biliyoruz. O zaman neden halktan uzaklaştılar?

Rüzgârını sağdan alan şairler onlar kadar halktan kopuk değil. Temelinde sol ideoloji olan şiirler de ki Nazım Hikmet'ti en büyük öncüsü bir zamanlar halktan kopuk değildi... İlerleyen yıllarda, nitelikli şiir dediğimiz şiir, içinde halkın yer almadığı bir kanala doğru akmaya başladı. Garip Akımı'ndan sonra gelen İkinci Yeniciler miydi ortalığı karıştıran, geniş kesimleri şiirden bu kadar uzaklaştıran? Sanmıyorum.

Bu akımların öncüleri, eski şiir anlayışını yıkıp şiiri yeni bir alana taşıdı. Bir dönem bu şiirleri okuyan sıradan okurlar şöyle düşünmüş olabilir: "Ne diyor bunlar? Okuduğumu anlayamıyor muyum yoksa? Şu cümleyle, şu dizeyle ne anlatılmak isteniyor? Hay Allah... Bende bir şey var. Yetersiz biri olmalıyım. Bu şiirleri yazan adamlar bizim gibi değil. Çok okumuşlar, çok zekiler. Ancak onlar kadar zeki olmalıyım ki ne dediklerini anlayabileyim. Evet, evet, şurayı biraz anlar gibiyim. Sanırım şair şunu demek istiyor." Bu şekilde düşünen okur tipi bugün de çok. Ancak gerek Garip Akımı olsun gerek İkinci Yeni şiir anlayışı olsun okuru şiirden uzaklaştırmamıştı. Her iki akım da farklı yorumlarıyla edebiyat tarihimiz de önemli bir yer edindi. Bu akımların öncüleri, yeni bir okur tipi yaratı. Geleneksel şiirimizi daha modern bir hale getirdi. Bu şiirlerle tanışan okur, şiirin ozan geleneğinin dışındaki özellikleriyle de tanışmıştır.

Sorun, bu akımlardan da etkilenen günümüz şairlerinin şiir anlayışı çerçevesinde düğümleniyor. Bu şairler, şiir birikimimize yeni bir bakış açısı getiremedi. Var olanı değiştirmek isterken tatsız tuzsuz şeyler yaptılar. Ödüllü şiir kitabı bastırmayı marifet saydılar. Üç beş kişiden aldıkları alkışı baş tacı ettiler.

Orhan Velilerin, Edip Canseverlerin, Can Yücelerin, Turgut Uyarların ödüllü şair olmak gibi bir dertleri yoktu. Onlar yalnızca şiir yazıyordu. Profesyonellik peşinde koşmuyor, kimseden icazet almaya çalışmıyorlardı. Şunu da biliyorlardı: "Yazdıklarımızı bugün için anlamayanlar olabilir ama önünde sonunda insanlar bizi de anlayacaktır." Bu iddia okurunu yaratma iddiasıydı ve bunda da başarılı olmuşlardı. Şiir, yeni bir kanalda akarken, okur da zamanla yeni şiiri anlamaya başlamıştı. "Bugünün şair biziz!" diyen şairlerimiz bu gerçeği görüyor. Buna rağmen hala nasıl rahat uyuyabildiklerini anlayamıyorum. Fatura kesilmiş, sonuç açıkça ortaya çıkmıştır: "Okuru, şiirden belki de sizler soğuttunuz..." Sıkça verilen cevap: "Zamanında Garip Akımı da anlaşılmamıştı, İkinci Yeni de anlaşılmamıştı." Tekrarlıyorum ey gafiller: Onlar şiire yeni boyutlar kazandırıyorlardı. Aynı şeyin bugün de olduğunu söyleyebilir miyiz? Sizler, "Halk zamanla bizi de anlayacaktır," diyebilir misiniz? "Çağ değişti, insanlarımız artık okumuyor," diyeceksiniz. Bunu doğru bulmuyorum. Bugünün insanı elli yıl öncesinin insanından daha ileri. Ortada bir başarısızlık varsa bunu insanlarımızda değil kendimizde görmemiz gerekiyor.

Orhan Veliler, Edip Canseverler yetişmekte olan şairlere ilham kaynağı oluyordu. Günümüz şairleriyse yalnızca okuru şiirden uzaklaştırıyor. Eski şiiri ısıtıp tekrar gündeme getirmek şiirin doğasına uygun düşmüyor. Üstelik de bu taklitler kimi zaman o kadar kötü oluyor ki, her dizesi abartılı imgelerle dolu tuhaf bir şiir çıkıyor ortaya. Kimi; "Biz yeni şiiri Divan edebiyatı geleneğiyle birleştiriyoruz," diyor. Kimi; "Şiirimizin zemininde halk anlayışı, ozan kültürü var," diyor. Bakıyoruz sözü edilen halk, bu şairlerin hiç beğenmediği, sözde şairlerin şiirlerini okuyor. Bu ne yaman çelişki böyle. "Ne yapalım? Müslüm Baba'nın şarkı sözleri gibi şiirler mi yazalım?" Bilemem. Ne diyelim? Öyle bir denge kurmalı ki, şair olanın yazdıkları dağda ki çobanı da kucaklayabilmeli, üniversitedeki öğretim üyesini de... Bunun eğitimi yok. Âşık Veysel'in, Yunus Emre'nin, Nazım Hikmet'in yaptığını şairseniz siz de yapacaksınız...

"Çok zor... İyi şiiri anlamak eğitim ister, kültür birikimi ister!" Yok işte... Bunu kabul etmiyorum. Eğitimsiz olabiliriz, farklı farklı hayatlar yaşayabiliriz ama insan özü itibarıyla tektir. "Bazı insanlar benden çok üstün. Bu şiiri anlayamıyorum. Benim gibilere değil, şair benden çok daha bilgili olanlara hitap etmiş!" Böyle sanat mı olur? İyi şiir, anlaşırlık bakımından insanı gerçekten bu kadar zorlar mı? Fabrika işçisi Ahmet Usta'nın, ev kadını Ayşe Hanım'ın içini titretmeyen şiir kimlerin içini titretecek? Okumuşların, halktan kopmuşların, Türkçe cümleler içinde İngilizce kelimelerle konuşanların mı? Daha neler... Gülerim ben buna...

Orhan Veli'nin şiirlerini anlamayan var mı? Kaldı ki bir dönem, bu şairimizin şiirlerini kötü şiire örnek gösterenler bile çıkmıştır. Kimse bilmese de Orhan Veli gibiler ne yaptığını bilen şairlerdi. Günümüz şairleri yeni bir akımın öncüsü değil, yalnızca taklitçi... Üstelik de kötü bir taklitçi... Sanatta doğallığı ve kalıcılığı yakalamak ne kadar güç, değil mi? Nerede hata yapılıyor? Bilgiçlik yaptığımı düşünürseniz kendimi kötü hissederim. Ben yalnızca düşüncelerimi, düşüncelerimden de çok duygularımı sizinle paylaşmak istiyorum.

"İnternet çağında herkesi kucaklayan bir şiir anlayışı mümkün değil mi?" diye kendime bir soru soruyorum. Sorun nerede? Okuru şiirden uzaklaştıran şeyin ne olduğunu düşünmeye devam edelim istiyorum. Tek neden gerçekten bilgisizlik mi? Halkı hiçe sayan bir şiir aristokrasisinin varlığından söz edebilir miyiz? Belki de bu kesim şiiri halkın anlayamayacağı bir hala getirdi. Bunlardan birini yakından tanıyorum. Bu şairi tanımanızı asla istemezdim. Kendini beğenmişin tekiydi. Neyse... Divan şiirine gelelim... Divan edebiyatı, bir bakıma, yeniden hortlatılmış durumda. Osmanlı'nın Divan şiiri yalnızca aydınlar arasında yaygındı. Halkın sesi halk ozanlarının sesiydi. Günümüz şiiri, yoksa Divan edebiyatının yerini mi almak istiyor? Halk gibi düşünüp, halk gibi yazmak bir kez daha kötülenir oldu. "Sanatçı halk gibi hep aynı noktada kalamaz." Doğru. Sanatçı, sanata yeni anlayışlar, yeni kavrayışlar getirmeli. Yine de bu işte bir yanlışlık var. Gerçek şiir denilen şiirle, halkın arası bir yerde açıldı. Ah sevgili dostlarım, sanatımız adına ne kadar üzülsek azdır. Neden böyle oldu? Bu, öndekilerin, arkadakilerin hızını dikkate almadan koşmalarından kaynaklanmış olabilir mi? Asıl suçlu kim? Eğitim sistemimiz mi yoksa? Halkın sanat eğitimi o kadar geri ki... Neredeyse yok denecek sınırda... Devlet, yıllardır okullarımızda sanat eğitimi olmasa da olur anlayışı içinde eğitim yapıyor. Okullara resim öğretmeni, müzik öğretmeni almamak için kırk dereden su getiriliyorlar, yönetmelikler hazırlanıyorlar. En önemli ders matematik... Fizik, kimya, İngilizce... Okullarımız sanat beğenisi yüksek kuşaklar yetiştiremiyor.

Yoksa genlerimizde gizli bir kod mu var? Ülkemizde gerçek anlamda sanatçı olmak, çok özel yeteneğe ve şansa bağlı hale geldi... Varlıklı, tanınan, geçmişinde eğitim birikimi olan bir aileden geliyorsanız, gerçekten de yetenekliyseniz, sanatçı olmanız biraz daha kolay. Şairseniz, öykücüyseniz, romancıysanız mutlaka sizi bir destekleyen olur. Sanatla ilgilenen bu özel yetenekli kişilerin ortaya koyduğu yapıtlar, kültür düzeyi yüksek sanat alıcıları istiyor. Böyle alıcıların çok az olduğu bir yerde sanat da yeteri kadar anlaşılamıyor.

Ancak şunu da söylemeliyim ki; "halk ne kadar az anlarsa o kadar iyi sanat yapmış oluruz," şeklinde düşünenlerin sayısı da azımsanmayacak oranda... Belki de bütün sorun buradan doğuyor. Ya da genlerimizde gizli bir kot var: "İyi şair olmak istiyorsan Divan edebiyatı şairleri gibi olacaksın. Herkes tarafından anlaşılman gerekmiyor. Özelikle de halk tarafından ne kadar az anlaşılırsan o kadar iyi."

80'li yıllardan bu tarafa, yazdıkları okunmayan bir sürü şair çıktı piyasaya. Soruyorum: "Kim okuyor sizleri?" Kendimi de sizlerden biri olarak görüyorum. Yanlış anlaşılmak istemem. Birlikte düşünelim diye kızıyorum kendime. Belki de en çok kendime kızıyorum. Belki de artık şiir yazmayı bırakmam gerekiyor. Sizin de bildiğiniz gibi insanlar hala Müslüm Gürses'in, Orhan Gencebay'ın, Ferdi Tayfur'un şarkı sözleriyle avunuyorlar. Bu isimlere, Tarkan, Mustafa Sandal, Yıldız Tilbe gibi daha nicelerini eklemek mümkün. Ruhi Su'yu kim tanıyor? Ya da Türk sanat müziğinin o ünlü bestecilerini? Halk müziğinin, Türk sanat müziğinin, siyasal müziğin alıcısı da azaldı. Her şey çürüyor sanki... Türk halk müziği hala dinleniyor olsa da Türk sanat müziği adeta can çekişiyor. Adını "sanat" yaptınız diye hiçbir müzik sanat olmuyor. Şiir de öyle... Birileri ödül verdi diye kimsenin şair olamadığı gibi... Doğrusu ben, şiir bağlamında düşündüğümde, hiçbir müzik türünün tamamının şarkı sözlerini kötü bulmuyorum. Özellikle halk müziğinin sanat olmak için kimseden izin alması gerekmiyor... Ancak çağ, halk müziğini de farklı bir alana taşımak üzere... Kravatlı, takım elbiseli, eli sazlı ozanlar çağı sona eriyor. Sazlarını, takım elbiselerini, bozuk şivelerini, bıyıklarını alıp gittiler ya da gitmek üzereler... Siyasal müzik de eskisi kadar rağbet görmüyor. Şiirden olduğu gibi, yoğun şekilde ideoloji kokan müziklerden de uzaklaşıyor halk. Yeni ozanlarımız, arabesk, özgün müzik ya da pop müzik söylüyor. Ya da bu tarz şiirler yazıyorlar. Toplumsal değişimlerimizin iz düşümleri en çok bu müziklerde var. Özellikle de pop müzikte... Pop müzikle uğraşanlar şarkılarını söylerken salya sümük ağlamıyorlar. Şarkı sözlerinin içeriği genellikle aşk... Toplumcu değiller; eşitlik, adalet gibi kavramlardan söz etmiyorlar. Buna rağmen dinleniyorlarsa sözünü ettikleri aşk kavramı üzerinde durup düşünmemiz gerekiyor. Sağlıklı bir aşk nasıl yaşanır? Toplum olarak bunu bile bilmiyoruz. Gelenekti, dindi, erkek kültürüydü derken aşk adına sağlıksız bir sürü ilişki yaşıyoruz. Özellikle pop müzik sanatçıları "önce ben," diyorlar. Önce benim hayatım, benim sorunlarım demek her zaman kötü müdür? Demokratik kültür insana önce "ben" demeyi öğretmeye çalışmıyor mu? Sosyalistlerin cevabını duyar gibiyim: " 'Ben' bencildir. 'Ben' diyerek bir yere varamazsınız, önce toplum, sonra ben demek gerekir." Buna katılmıyorum. Herkesin "ben" demesi birey olma özleminin de bir yansıması. Birey, birey olmadan toplumcu olamaz. Bireyleşememenin yoğun olduğu toplumlarda devlet baskıcıdır. Bireyin kurtulması demek bir anlamda da "Ben"in kurtulması demektir. "Ben"i kurtaramadığınız bir yerde "Biz"i kimse kurtaramaz.

Halk müziği gibi arabesk de genel olarak erkek seslidir. Bu erkek, kadını yalnızca "eş" veya "yâr" olarak görüyor; kadın çocuk büyütecek, ev işi yapacak, kocasına hizmet edecek... Bir kez sevecek, eşine ya da sevgilisine her ne olursa olsun ölesiye bağlı kalacak... Pop müzik de böyle mesajlar yok. Bazı kadın pop sanatçılarımız kadına şu mesajı da verebiliyor artık: "Önce ayakların üzerinde dur. Çalış, barmenlik de olsa bir işin olsun. Kimseye bağımlı kalma. Yalnızca sevgini, aşkını yaşa! Hiçbir erkek bulunmaz değildir, boş ver, aldırma. Yolunu yürümeye, mücadele etmeye devam et." Hangi halk müziği sanatçısı söyleyebilir bunu? Halk müziğinin yerini pop müzik mi alıyor yoksa? Halk müziği, arabesk ve pop müzik birbirine mi yakınlaşıyor? Bu üç müzik türü yoğrula yoğrula gelecekte daha farklı bir biçimde karşımıza çıkabilir. Halk müziğine neden halk müziği deniyordu? Halk arasında en yaygın olduğu için değil mi? Halk tarafından üretilip dinlendiği için belki... Bugün hangi müzik halk arasında yaygın? Hangi müzik ya da müzikler yaygınsa halkın müziği odur... Gençlerimiz, genç kızlarımız artık pop müzik dinliyor. Bu müziğin bütün sözleri, mesajları kötü değil... Halk müziğinin, Türk sanat müziğinin ve diğerlerinin bütün söz ve mesajlarının iyi olmadığı gibi...

Bence yeni bir aydın tipine ihtiyacımız var. Günümüz pop müziğine karşı da, özellikle aydın çevrede büyük bir tepki olduğunu biliyoruz. Aydınlar olarak, özellikle de yaşlı aydınlar olarak halk öküzdür, beyinsizdir, önüne ne korksan yer; başımıza getirdikleri siyasi iktidardan belli değil mi mantığından artık uzaklaşmamız gerekiyor. Şiir okuru gibi, halk müziğinin; özellikle ozan tarzı halk müziğinin, Türk sanat müziğinin alıcısı azalmışsa bunun suçlusu halk değildir. Bu müzikler modernleşen kadının, çağ insanının dünyasını anlatmıyor. Halk müziğinin kadınları, bağımsızlık özlemi duymayan köylü kadınlardı. Türk sanat müziğinin kadınları her şeyden önce kentliydi... Seven bir eşleri olsun istiyorlardı, ama hiçbir zaman modern kadının erkeklerle aynı haklara sahip olma özgürlüğünün peşinde koşmuyorlardı. Eski tarz halk müziğiyle, Türk sanat müziği bugün nostaljik bir unsur haline gelmiştir. Özellikle yaşlı kesim bu müzikleri önemsiyor. "Kalite buydu, sanat buydu işte!" diyorlar. "Şimdikiler ne yapıyor, abuk sabuk laflar edip kalça sallamayı sanat sanıyorlar." Biraz durup dinleseler, doğru bir değerlendirme yapabilseler o sözlerin hiç de abuk sabuk olmadığını görecekler... Ama yok... Mantık hep şu: "Gençlik bozuldu! Biz gençliğimiz de böyle miydik?"

Kabul etmeliyiz ki, günümüz sanat eleştirmenlerinin çoğu yaşlı. Siyasette de öyleydi ama halk sesini yükselti: Yaşlı siyasetçilerin çoğu halkın oylarıyla sandığa gümüldü. Hala da gömülmesi gereken çok isim var. Birçok alanda olduğu gibi, sanat eleştirisi konusunda da böyle bir elemeye gidilmeli. Eskiler gitmeli, yerine gençler gelmeli. Ne yazık ki ülkemizde herhangi bir alanda yer edinenler, ölünceye kadar o yeri kimseye bırakmak istemiyorlar. Buna neden gençlerimizin tutumu belki de. Gençlerimizi kendilerine güvenen bireyler olarak yetiştiremiyoruz. Saltanat sahibi yaşlılar, kimse bizi yerimizden oynatamasın diye diretiyorlar. Genç kalemler, önce bu saltanat sahiplerine karşı savaş açmalı. Taht diye bir şey kalmamalı kültür hayatımızda. Birikimi hiçe saymak demek değil bu; söz hakkını başkalarına da verme çabası... Modern çağın gerektirdiği biçimde yeniden yapılanabilmek için bu tahtların tümünün tarumar edilmesi lazım. Zehir gibi geçlerimiz olduğunu biliyorum, bunu bütün dünya biliyor. Kültür hayatımızı, hayat haritamızı yeniden çizecek olanlar gençler olmalı; "biz böyle gördük; eski köye yeni adet mi getireceksiniz," diyenler değil.

Klasik anlamdaki ozanlar çağında yaşamıyoruz artık. Her gün binlerce buluşun gerçekleştirildiği bir dünyada yaşıyoruz. Türk halk müziği, esas itibariyle sanatın, iletişimin, insan hak ve özgürlüklerinin yeteri kadar gelişmediği bir çağın ürünüydü. Elbette ki çok güçlü bir sanattır. Ancak bu çağın sanatı değildir. Bu çağın insanı toprağa, cahil imamlara, ne zaman geleceği belli olmayan gazetelere bağlı yaşamıyor. Kimi köylerimizde internet bile var artık. (Yazar, bugün ne düşünüyor acaba? Yaşıyorsa, nasıl bir Haşhaşi toplumuyla karşı karşıya olduğumuzu görüyor mudur?)

Yeni halk müziği köy değil, kent kökenli olmak zorunda. Günümüz medyası, piyasaya çok fazla sayıda şarkı ve şarkıcı sunuyor. Bunların çoğu kalıcı olmuyor. Her zaman bir eleme söz konusu. Eskiden bu kadar şarkı ve şarkıcı yoktu ortalıkta. Bunun nedeni, kültürün bozulması değil, iletişim teknolojilerinin sanat evrenimize yeni olanaklar sunmasıdır.

Bu durumda çağ insanı ne yapacak? Bugünün ev kadını, oturup ağıt yakmaz. Yaksa da kimse bunu anonim bir anlatı gibi dilden dile dolaştırmaz, eski destan anlayışında olduğu gibi, el ilanları şeklinde basıp, üç beş kuruş karşılığında kapı kapı dolaşıp dağıtmaya çalışmazlar. Basit bir işçi bile bugün yazdığı şiirleri, başkaları kullanmasın diye notere götürüp onaylatıyor. Her şey para ya... "Birileri şiirimi satıp zengin olacak, ben avucumu yalayacağım," diye düşünüyor bu insanlar. Komik ama gerçek... Böyle bir ortam da anonim şiir, anonim müzik gibi kavramların, tamamen yok olmasa bile, en azında biçim değiştireceği açık...

Bu saatten sonra Yunus Emre gibi, Karacaoğlan gibi, Âşık Veysel gibi ozanlar da çıkmaz. Mümkün mü? Çıksa da, bunlar, yazdıkları şiirleri notere götürüp tasdik ettirirler. Bunun için kimseyi suçlayamayız. Her şeye rağmen elimizde değerli bir tek şey var: İnsan. Eski ozanlar, feodal kültürün insanlarıydı. Çağımızın şairleri, şarkıcıları, şarkı sözü yazarları ise değerlerin hızla alt üst olduğu bu çağın temsilcileri. Kimse anonim kalmak istemiyor artık. Madem sanatla uğraşıyoruz, maden birileri bunları satıyor, para kazanıyor, hakkımız neyse alalım istiyorlar. Çağın insanı yalnızca çağa uygun davranış sergiliyor. Bu, sanatı öldürür mü? Hayır... Her şeyin paraya dönüştüğü internet çağı; bu çağ internet ötesi bir çağ bile olsa, sanat ölmez. İnsan var olduğu müddetçe sanat da var olacaktır. Tarihin bize öğrettiği tek şey şu: "Sanat hiçbir zaman halkın dışında kalamaz!" Çağ insanı nasılsa, sanat da onun algı süzgecinden geçerek biçimlenir. Bu süzgeç hiçbir zaman gerçek sanatı göz ardı edemez. Reklam piyasası ne kadar güçlü olursa olsun, zaman, gerçek sanatı mutlaka gün ışığına çıkaracaktır. Konu sanat olduğunda zaman hata yapmaz... Kültür düzeyi düşük denilen halk, her zaman kötü sanattan mı hoşlanıyor? Karacaoğlan, Dadaloğlu, Yunus Emre, Âşık Veysel daha nice halk ozanı kötü müydü? Divan edebiyatçılarına göre kötüydü. Günümüzde kendini şair sayanlar hala kimleri baş tacı olarak görüyor; halk ozanlarını değil mi? Divan şairlerinin adını kim anıyor? En güçlü eleştirmen zamandır diyoruz. Bu zaman halk değilse kim? Şimdi de pop müzik sanatçıları var? Sezen Aksu'nun, Ajda Pekkan'ın, Cem Karaca'nın, Barış Manço'nun, Engin Koray'ın Alpay'ın, Özdemir Erdoğan'ın daha nicelerinin kimi şarkı sözlerinin geleceğe kalmayacağını kim iddia edebilir? Bilemeyiz...

Kendi adıma bu seslerin, en azından bir kısmının zaman ya da halk sınavından olumlu not alacağını düşünüyorum. Bu sesler, birkaç şarkı sözüyle de olsa halkın sesi olarak kalıcılığını koruyacaktır. Yunus Emre, Âşık Veysel Neşet Ertaş gibi ozanlar çağımızın ilham kaynaklarıdır.

Yeniçağın sanat anlayışı bu kaynaktan beslenecek ama aynısı olmayacak...

Eskiden ünlü; çok ünlü şairler vardı. Yine böyle olacak mı? Mesela bu çağın şairi kim olacak? Türkiye'de değil, artık bütün dünyada böyle isimler yok. İnsanlığa yeni umutlar vadeden felsefeciler, ideologlar olmadığı gibi sanatçılar da yok... Tarihin sonuna mı geldik yani? Sanmıyorum. Bu çağın Volter'i, Neruda'sı, Nazım Hikmet'i kim olacak? Birkaç kişinin beğenisiyle, şiir ödülü almakla halkın şairi olunmuyor. Şiir ödüllerinin anlamı ne o zaman? Kendi adıma şöyle söyleyebilirim: Ödüllü şair olmak bir bakıma büyük bir hatadır. Şair olan şiir ödülü diye bir ödülü ödülden bile saymaz. Ödül, şairi, şiirin gerçek köklerinden koparır. Şiir aristokrasi dediğimiz çevre bu kaynaktan besleniyor. "Bizler bu işi en iyi bilenleriz. Ödüllü yarışmamıza katılmak için ne bekliyorsunuz? Sizleri şair yapacağız. Otorite biziz. Kim şair kim değil, bizden daha iyi kimse bilemez." Şair olan böyle bir otoriteye; "Sizler de kim oluyorsunuz?" der ancak. Olmayansa: "Ne olur bana da bir ödül verin." diye onlarına yalakası olur. "Benim jürimde şunlar, şunlar vardı," diye sağda solda hava atarlar. Sözünü ettiğim arkadaşımda bu yalakalardan biriydi.

Sözün kısası; günümüz şiirini, "Bu dönemin şairi, eleştirmeni biziz," diyenler bu duruma getirdi. Ben de onlara bir kez daha şunu diyorum: "Okunmuyorsunuz. Tek gerçek bu... Neden ne olursa olsun okunmuyorsunuz. Ödüllerinizi alıp kendi kendinize gururlanıyorsunuz o kadar." "Ödül aldım" diyen şairlere aslında biraz da acımak gerekiyor. Yayın evlerinin özellikle şiir kitabı satabilmek için ödüllere ihtiyacı var. Böyle bir ortamda ödüllü şair olmanın hiçbir anlamı yok. Şair olan mutlaka bunu görüyordur ama ödüllü olmak demek bir anlamda da seçilmiş olmak anlamına geldiğinden kimileri için bu oldukça gurur verici. Birileri sizi toplumdan ayırıyor; "Artık sen şairsin. Arkanda biz varız." Evet, o ödüllerin arkasında hep birileri olur. Bu isimlerin bazıları oldukça önemli... Jüriler, jüriyi oluşturanların kimliklerine göre "hakiki sanat jürisi" ya da "baya jüriler" olarak ikiye ayrılıyor.

Neden yazıyorum bunları? Sözü çok uzattığımın farkındayım. "Çok para haramsız, çok laf yalansız," olmazmış. Bazı konularda yanlış düşünüyor olabilirim. Öyle ya da böyle... Ne yapayım, ancak bu kadar anlatabiliyorum kendimi. Birkaç şey daha söylemek istiyorum. Sonra susarım. Belki siz düşünmeye devam edersiniz. Gerçekten, otorite olduğunu söyleyen herkesten tiksiniyorum. Otorite diye bir şey yok aslında. Üçkâğıtçılar ordusu var. Şiir yazmayı deneyenler karşılarında büyük büyük otoriteler olduğunu düşünmesinler diye söylüyorum bunu... O büyük büyük otoriteleri alaşağı edebilmek istiyorum. Kimsenin kimseyi kandıracak durumu kalmadı artık. Şairim diyen herkes şunu görüyor: Ortada büyük bir başarısızlık var. Böyle bir ortamda ödüllü şair olsan ne olur, olmasan ne olur. Yemişim ödülünü, yemişim otoritesini...

Yalnız şiir mi? Öykü kaldı mı? Okur, öyküden de uzaklaştı. Şiir gibi, kimi müzik türleri gibi insanlar, öyküden de uzaklaşıyor. Sait Faiklerin, Balıkçıların, Orhan Kemallerin, Sabahattin Alilerin rüzgârından beslenemiyorsan elbette bu toplumun yaşayan insanını anlatmakta zorlanırsın. Yeni bir form bulayım, yeni anlatım yöntemleri deneyim derken okuru kendinden kaçırırsın. Form yaratıcılığı yazarın kendini zorlamasıyla olmaz. Form olsun diye atılan adımlar katkıdan çok edebiyata zarar veriyor. Gerçi hiçbiri kalıcı olmuyor ama bir süre kafa karıştırıyorlar. Bu tarz metinleri okuyup bitirdiğinde bir şey anlamıyorsun. Olaylar, düşünceler zihnin çok yüksek bir perdesinden dile getirildiği için(!) sıradan okur bunları anlamakta zorlanıyor. Olan edebiyatımıza oluyor.

Bence günümüzde okuru kendinden uzaklaştırmayan tek tür; roman... Son yıllarda yapılan bir araştırmalar bunu gösteriyor. Roman yazarı gibi, roman okuru da hızla artıyor. Bu durumu romancıların başarısı olarak değerlendirebiliriz. Bu yazarlar bunu nasıl yaptı? Postmodernist yazarlara, fantezi edebiyatına yapılan bütün eleştirilere rağmen ortada böyle bir gerçek var: Okur, öyküden, şiirden daha çok roman okuyor. Bu durumun edebiyat çevrelerinde enine boyuna tartışılması gerektiğini düşünüyorum. Bu tartışmalardan edebiyatımızın kriz nedenleri konusunda önemli ipuçları çıkabilir. Romana yönelmenin ardında başka nedenler de olabilir. Konu oldukça tartışmalı. Alanda bulunanların fikir alışverişinde bulunmaları bu bağlamda son derece önemli...

Tarih, 15 Ekim 2004... Radikal Gazetesi'nin kitap ekinde Fethi Naci imzalı yazının bir bölümünü aynen alıyorum: "Fethi Naci, yıllar önce, yanılmıyorsam, 'Ne kadar futbol, o kadar roman,' demişti. O sıralar futbolda çok iyi değildik. Ama o günlerden bugüne Galatasaray UEFA Kupası'nı kazandı, ulusal takımımız Dünya Şampiyonası'nda üçüncü oldu; gazetelerin spor sayfalarını, TV kanallarının spor incelemelerini nerdeyse tümden futbol kapladı. Zaman, Fethi Naci'yi haklı çıkardı galiba!"

Bu yorumu Fethi Naci şunun için yapıyor: Eskiden şiir yazanı bol bir toplumduk, artık roman yazan bir toplum olduk. Kendi yazısından, başka birinin yazısı gibi söz etmesi de ayrıca ilginç bir durum. Neyse... Yıllarca edebiyata yön veriyoruz diyen çok önemli bir eleştirmenimizin yorumu bu işte. Umut vaat etmeyen siyasi partileri, ideolojileri halk nasıl siyaset sahnesinden siliyorsa, bu tür eleştirmenlerinde en azında susturulması gerekiyor.

Edebiyatımızın içinde bulunduğu sorunların alaya alınacak bir tarafı kalmadı. Bu çağın, Fethi Naci gibi eleştirmenlere değil, günümüz edebiyatını, siyasetini, sosyal yaşamını, bu yaşamın insanlarımızı ne hale getirdiğini bilen genç eleştirmenlere ihtiyacı var. Siyasette olduğu gibi sanatta da: "Otorite biziz!" diyenler artık can çekişiyor. Onlar hala en önemli eleştirmenler biziz dese de, bizlerin şunu bilmesi gerekiyor: Eleştiri kurumu artık el değiştirmeli, gençleşmeli, tek ellerden kurtulmalı...

Şimdi buradan, bana ait olan önemli bir iddiaya geçmek istiyorum: Şiirimiz çıplak mı? Bunun için bir test yapalım istiyorum. Bu kez şiirimizi çocuklar değerlendirecek. Günümüz şiirini çocuklar nasıl anlıyor? Çocukları, yetişkinlerden ayıran önemli bir özellik de daha doğal olmalarıdır. Yargıları, bazı etkilerden bağımsızdır. Hepimiz kralın olmayan giysisi için ne kadar güzel derken, bir çocuk çıkar ve: "Kral çıplak!" der. Bu yüzden sözünü ettiğim şiirleri çocuklara sormak istedim. Hiç tanımadıkları ya da çok az tanıdıkları şairlerin alışık olmadıkları şiirlerinden ne anlıyorlardı acaba?

Sevgili okurlar, o halde bir kez daha sorgulayalım. Belki de suçlu eğitim sistemimizdir. Edebiyat derslerinde günümüz şiirine ne kadar yer veriliyor? Lise mezunu bir sürü genç doğru dürüst şair tanımadan diploma alıyor. 70'li yılların sonunda liseyi bitirdiğimde Nazım Hikmet'i tanımıyordum. Böyle bir şairin varlığını öğrendiğimde üniversitede öğrenciydim. O günden bu güne ne değişti? Eğitim Bakanlığı hala dayatıyor: "Önce Divan Edebiyatı'nı öğretmeliyiz çocuklarımıza..." Vakit kalırsa şiire geçilecek. Üniversite sınavlarına hazırlanmaktan eğitim sırası yaşayan şiirimize, şairlerimize hiç gelmedi. Gelse de bir iki örnek verilip geçiliyorlar.

Bu araştırmayı kimlerle yaptım, bununla ilgili de birkaç şey söylemek istiyorum: Araştırmama altı, yedi ve sekizinci sınıf öğrencileri katıldı. Bunu yaparken kimseden izin almadım. Gizli bir çalışma yürüttüm. İzin isteseydim belki de bu çalışmayı yapamazdım. Çocuklara sorduğum sorular sırasıyla şöyle: 1-Şiir nedir? 2-Şair kime denir? 3-Bildiğiniz şair adlarını yazınız. 4-Şiir olmasa ne olurdu? 5-Şair olmak ister miydiniz? İsterseniz neden? 6-Aşağıdaki dizeleri yorumlayınız.

YAŞLI ÖĞRETMENİN ORTOOKUL ÖĞRENCİLERİNE SORDUĞU İLK SORU: ŞİİR NEDİR?

Şiir, duygu ve düşüncelerin gelenek ve görenekler çerçevesinde dile getirilmesidir.

*

Dizelerden oluşan, hece ölçüsüyle yazılan paragraflara şiir denir.

*

Az sözcükle çok şey anlatan dizelere şiir denir.

*

Hissedebilenlerin yazdığı dizeler şiir olur.

*

Duygu ve düşüncelerin ölçülerek, bazen de abartılarak yazılmasıdır.

*

Şiir, şairin içinden kopanları bir kâğıda dökmesidir. Dize dize kaleme aldığı duygularıyla beste oluşturmasıdır.

*

Cümlelerin son heceleri birbirine yakın seçerek aklımızdan geçenleri alt alta yazdığımızda şiir yazmış oluruz.

*

Şiir, halkın dertlerini, olayları, yaşanmış ve hala yaşanmakta olan duyguları, iyi ve kötü huyları, bunların nedenlerini ve sonuçları anlatan bir yazı türüdür.

*

Şiir denince aklıma lirik şiir geliyor. Ne olduğunu bilmiyorum. Tahminimce şiir türlerinden biri...

*

Şiir, güzel ve kötü duyguları abartarak anlatmaktır.

*

Şiir, şairin başkalarının hayatından ve yaşadıklarından ilham alarak yazdıklarıdır.

*

Bir insanın duygularını dolaylı yönden ifade etmesine şiir denir.

*

Duygularımızı anlatmamıza yardımcı olan yazı türüne şiir denir.

*

Şiir, romanla, öyküyle, makaleyle anlatamayacağımız şeyleri anlatır.

*

İnsanların duygu ve düşüncelerini anlatan mısralar...

*

Duyguları anlatan yazılara şiir denir. Şiir, dizelerden ve kıtalardan meydana gelir. Kurallı ve serbest olarak ikiye ayrılır.

*

Şiir, duyguların konuşmasıdır.

*

Şiir, hayatın bir parçasıdır. Her şeyi anlatabilmek, güzel sözlerle tanımlayabilmektir.

*

Şiir, dizeler halinde yazılır. Ölçülü şiir vardır, ölçüsüz şiir vardır. Ölçüsüz şiirlere serbest şiir denir. Ölçülü şiirleri ise Karacaoğlan gibiler yazar.

*

Duraklaya duraklaya okunan cümlelere şiir denir.

*

Şiir insanın aynasıdır. Yazan neyse şiir de o olur. Kısacası şiir yazarın memleketinin, ailesinin, kendisinin bir yansımasıdır.

*

Şairlerin, duygu ve düşüncelerini yazmasına şiir denir.

*

Birkaç dizeden oluşan yazılara şiir denir.

*

Düşüncelerimizi makaleyle anlatırız, duygularımızı ise şiirle...

*

Şiir dört dizeden oluşur. Alt alta yazılan kelimelerden meydana gelir.

*

Alt alta yazılan, sonu kafiyeyle biten cümlelere şiir denir.

*

İnsanı üzen, duygulandıran dizelere şiir denir.

*

Duraklamalara dikkat edilerek okunan cümlelere şiir denir.

*

Şiir, saklı duygularımızı, düşüncelerimizi, coşkularımızı anlatır.

*

Kimseye söyleyemediklerimizi kafiyeli bir şekilde yazmaya başladığımızda şiir olur.

*

Şiir, anlamlı ve gerçekçi sözlerden oluşur. Gizli duygularımızı şiir aracılığıyla ifade ederiz.

*

Gerçekten kendimizi anlatmaya başladığımızda şiir yazmış oluruz.

*

Güzel duygular, büyük acılar içeren dizelere şiir denir.

*

İnsanların duygu ve düşüncelerini kâğıda döküp mısralar halinde sıralamasına şiir denir.

*

Şiir, bir çeşit yazı türüdür. Daha çok duygularımızı anlatır.

*

Şiir birçok açıdan incelenebilir. Bir, şairin kendi duygularını anlattığı dizeler. İki, şairin topluma mesaj vermek için yazdığı dizeler...

*

Şairler yalnız kişiler olduğundan şiir yazarak teselli bulurlar.

*

Kafiyesi ve redifi olan cümlelere şiir denir.

*

Yaşanmış bir şeyin ders vermek amacıyla anlatılmasına şiir denir.

*

Şiir üç, dört veya beş dizeden oluşan uyaklı yazı türüdür.

*

Bir konuyu dörtlük halinde yazdığımızda şiir yazmış oluruz.

*

Şairin yazdıklarına şiir denir.

*

Şiir, duyguları, düşünceleri anlatma sanatıdır.

*

Şiir, duygu, düşünce, sevgi ve hoşgörüyü kâğıda dökerek herkesle paylaşmaktır.

*

Şiir, duyguların, düşüncelerin, hayallerin uyumlu bir şekilde anlatılması, kelimelerin ahenkle dans ederek kâğıda dökülmesidir.

*

Bir insanın sevdiği şeylerden ilham alarak yazdıklarına şiir denir.

*

Şiir, içten gelen bir şeydir.

*

Ölçülü, kafiyeli yazılara şiir denir.

*

Duygu ve düşüncelerin en güzel şekilde ifade edilmesine şiir denir.

*

İnsanın ruhunu dinlendiren, kulağının pasını alan örneğin yorgunsan yorgunluğunu alan dizelere şiir denir.

*

İnsanı dinlendiren, yorum gücümüzü artıran, aynı zamanda bizlere özellik katan dizelere şiir denir.

*

Şiir, insanların duygu ve düşüncelerini bazen istekle, bazen sevgiyle, bazen de özlemle dile getirmesidir.

*

Şiir, insanın içinden gelen her şeyi, belli bir kafiye içerisinde kâğıda dökmesidir.

*

Şiir, bir duygunun, düşüncenin, sevginin, üzüntünün, kederin, aşkın dizelere aktarılmasıdır.

*

İnsanda güzel duygular uyandıran dizelere şiir denir.

*

Duygulu kişilerin alt alta yazdığı dizelere denir.

*

Şairlerin düşünerek yazdığı yazılara şiir denir.

*

Duygularımızı, düşüncelerimizi, sıkıntılarımızı, üzüntülerimizi, sevinçlerimizi en iyi şekilde yansıtan, alt alta yazılmış dizelere denir.

*

Kafiyeli dizellerden oluşan cümle topluluklarına şiir denir.

*

Şairlerin yazıp arkalarında bıraktıkları eserlere şiir denir.

*

Şiir, insanın yaşamına renk getiren, duygularımızı, umutlarımızı, hayallerimizi yansıtan duygusal yorumlardır. Şiir, insanı hayata bağlar, farklı olduğumuzu hissettirir.

*

Şiir, duygu belirtir, düşünce belirtir, bazen öğüt verir. Böyle yazılan yazılara şiir denir.

*

İnsanca duygular içeren cümlelere şiir denir.

*

Acı, sevinç, heyecan, istek gibi duyguları anlatan ve kelimelerden oluşan birleşmiş mısralara şiir denir.

*

İnsanların ruhuna hitap eden, bazen bizleri duygulandıran, bazen cesaret veren manzum yazılara şiir denir.

*

Anlamlı cümlelerin alt alta yazılmasıdır.

*

Farklı insanların, farklı duygu ve düşüncelerini anlattığı dizelere şiir denir.

*

Şiiri bir kapı olarak da görebiliriz: Bu kapıdan içeri geçebilenler gerçek anlamda insan olmuş demektir.

YAŞLI ÖĞRETMENİN ÖĞRENCİLERİNE SORDUĞU İKİNCİ SORU: ŞAİR KİME DENİR?

Türkçeyi çok güzel kullanan kişilere şair denir. Örneğin, Mehmet Akif Ersoy...

*

Şiir yazan kişilere şair denir.

*

Şiir yazsa da herkes kolay şair olamaz.

*

Bizim anlatamadığımız duygu ve düşünceleri anlatabilen kişilere şair denir.

*

Güzel şiir yazabilenlere şair denir.

*

İçimizdeki sesleri, kâğıt kalem yardımıyla anlatabilen kişilere denir.

*

Duygu ve düşüncelerini dörtlükler halinde yazan kişilere şair denir.

*

Başkalarının duygularını da kendi duyguları gibi yazabilen kişilere şair denir.

*

Şiiri toparlayan, besteleyen kişilere şair denir.

*

Duygularını annem gibi kâğıda döken ve bunları mısralar şeklinde toplayan kişilere şair denir. Ama şairlerin adı kitapları basılmadan duyulmuyor. Bu da ayrı konu... Annemin de adı bilinmiyor örneğin.

*

Yazı yazan, duygularını mısralar halinde anlatmayı seven, öykü, roman okuyan kişilere şair denir.

*

Duygu ve düşüncelerini çekinmeden dile getirebilen kişilere şair denir.

*

Türkçeyi güzel kullanan, çocuklara bir şeyler öğretmek isteyen kişilere şair denir.

*

Güzel duygularla güzel cümleler kurabilen kişilere şair denir.

*

Şiiri en içten ve yürekten yazabilen kişiye şair denir.

*

Şair olmak çok zordur. Şiir yazan herkese şair denmesi bana göre çok yanlış.

*

İçten konuşabilen, dürüst kişilere şair denir. Şair olmak için önce çok iyi bir insan olmak gerekir.

*

Geçmişle ve gelecekle bağı olan kişilere şair denir.

*

Şiiri en içten ve yürekten yazan kişiye şair denir.
    Bildiğiniz Şair Adlarını Yazınız...
    Abdurrahim Karakoç, Adnan Binyazar, Ahmet Haşim, Ahmet Hulusi Tecer, Ahmet Kapulu, Ahmet Kaya, Ahmet Nejdet Sezer, Ahmet Selçuk İlkan, Ahmet Telli, Ali Akbaş, Ali Poyrazoğlu, Arif Sağ, Âşık Fani, Âşık Kemali Aksoy, Âşık Mahsuni, Âşık Veysel, Ataol Behramoğlu, Atilla İlhan...

*

Baki Suha Edipoğlu, Bedirhan Gökçe, Bedri Rahmi Eyüpoğlu, Behçet Kemal Çağlar, Behçet Necatigil, Bekir Sıdkı Erdoğan, Bilgesu Eranus...

*

Cahit Berkay, Cahit Külebi, Cahit Sıtkı Tarancı, Can Yücel, Cengiz Bektaş...

*

Çorumlu Şair Âşık Hüseyin, Çoşkun Ertepınar, Dadaloğlu...

*

Eflatun Cem Güney, Ekrem Çelebi, Erol Balkanay...

*

Faik Öztürk, Farabi, Fatih Kısaparmak, Fazıl Hüsnü Dağlarca, Fevzi Halıcı, Fuzuli...

*

Güçlü Soydemir, Gülsoy Demir, Gülten Dayıoğlu...

*

Hacı Bektaşi Veli, Hakkı Bulut, Hakkı Sunat, Halil Gökkaya, Hasan Ali Yücel, Hüseyin Avni Dede...

*

Işık Yulur...

*

İ. Hakkı Talas, İbrahim Kurultay, İbrahim Minnetoğlu, İbrahim Sadri, İbrahim Yıldırım, İclal Aydın, İlhan Geçer, İnce Memet, İsmet Özer...

*

Kamuran, Kara Emrah, Karacaoğlan, Kaygusuz Abdal, Kenan Işık, Kerem Alışık, Köroğlu, Mahsuni Şerif...

*

Mehmet Akif Ersoy, Mehmet Şahin, Mehmet Zeki Akdağ, Memduh Şevket Esendal, Mevlâna, Mimar Sinan, Muhittin Sevilen, Musa Eroğlu...

*

Namık Kemal, Nazım Hikmet, Nazile Demir, Necip Fazıl Kısakürek, Nesimi Yaman, Nurullah Ataç...

*

Oğuz Atay, Oktay Akbal, Oktay Yivli, Olcay Yazıcı, Orhan Kemal, Orhan Pamuk, Orhan Şahin Gökyay, Orhan Seyfi Orhan, Orhan Veli Kanık...

*

Ömer Hayyam, Ömer Seyfettin...

*

Peyami Safa, Pir sultan Abdal...

*

Refik Halit Karay, Regü Turgut, Reşat Nuri Gültekin, Rıfat Ilgaz...

*

Sadri Alışık, Şaik Gökay, Sait Faik Abasıyanık, Sedat Ayar, Selahattin Batu, Sezen Aksu, Sezen Cumhur Önal, Süleyman Erman...

*

Şebnem Kısaparmak, Şehrezat, Şükrü Enis...

*

Tahsin Abay, Tahsin Atar, Tahsin Saraç, Tamer Karadağlı, Tevfik Fikret, Tevfik Gürbudak, Tolstoy, Turgut Uyar...

*

Uğur Aslan, Uğur Bodul...

*

Ümit Kaftancıoğlu, Ümit Yaşar Oğuzcan...

*

Veysel Karani...

*

Yahya Akengin, Yahya Kemal Beyatlı, Yaşar Kemal, Yavuz Bülent Bakiler, Yıldız Tilbe, Yılmaz Erdoğan, Yılmaz Ural, Yunus Emre, Yusuf Ayhanoğlu, Yusuf Hayaloğlu...

*

Zeki Müren, Zeki Ömer Defne, Zeki Ömer Defne, Zeynep Mansur, Ziya Gökalp, Ziya Osman Saba...

.....

Not: Bu isimleri yazarken kopya da çektiler. Sanırım Türkçe kitabında bildikleri, şair olacağını sandıkları ne kadar isim, yazar adı varsa yazdılar. Daha çok not alabilmek içinse düşündüler:

"Acaba daha hangi şairler var?"

Birçoğu aklına geleni yazdı. Cumhurbaşkanını bile şair yaptılar.

Listede, bir kez yazılan isimler olduğu gibi sık sık yazılan isimler de var. En çok yazılan şair isimleri sırasıyla: Mehmet Akif Ersoy, Âşık

Veysel, Köroğlu, Karacaoğlan, Ümit Yaşar Oğuzcan, Yusuf Hayaloğlu, İbrahim Sadri, Orhan Veli, Nazım Hikmet...

Yine de bu listeye yaklaşık bin kadar öğrencinin dağarcığından süzülen şair isimleri olarak bakabiliriz.

YAŞLI ÖĞRETMENİN ÖĞRENCİLERİNE SORDUĞU ÜÇÜNCÜ SORU: ŞAİR OLMASA NE OLURDU?

Şiir, bence özgürlüktür. O olmasaydı insan saklı duygularını dile getiremezdi.

*

Şiir olmasa insanlar duygu ve düşüncelerini ifade edemezdi.

*

Bazı insanlar duygularını şiirle ifade edebilir. Şiir olmasaydı bu insanlar çok üzülürdü.

*

Şiir duygu demektir. Şiirin olmaması demek duygunun da olmaması demek olurdu. Duyunun olmadığı bir dünyada insan sıkılır, yaşayamaz.

*

İnsan kendini en iyi şiir yazarak ifade eder. Şiir olmasaydı birbirimizi anlayamazdık.

*

Âşıklar aşklarını, dertliler dertlerini anlatmak için şiir yazar. Şiir, kötü duygulardan arınmamız için de yardımcı olur. Aşkımızı anlatırken mutlu oluruz, dertlerimizi anlatırken rahatlarız.

*

Şiir olmasaydı, üzüntülü mü, sevinçli mi olduğumuzu ayırt edemezdik. Şiir, duygularımıza ışık tutar, bizi aydınlatır.

*

Şiir olmasaydı, duygularımızı başka insanlara çiçek vererek anlatırdık. Sevdiklerimize gül, sevmediklerimize de kibrit çöpü ya da diken gibi şeyler verirdik herhalde.

*

Şiir olmasaydı kitapçılarda şiir kitabı satılmazdı.

*

Şiir, güzeli ve çirkini netleştirir, onları daha iyi görmemizi sağlar. Şiir olmasaydı her şeyi aynı görürdük, dünyayı eksik algılardık.

*

İnsan boğulurdu. Şiir nefes almamızı sağlar. Balıkları düşünelim; sudaki oksijen olmasa hepsi ölür. İnsan söz konusu olduğunda ben bu oksijenin şiir olduğunu düşünüyorum.

*

Bence hiçbir şey olmazdı. Sadece şiir olmamış olurdu. Hayat yine devam ederdi. Annem, babam, ben şiir okumuyoruz diye başkalarından farklı değiliz ki...

*

Hepimiz sevimsiz kişiler olurduk. Âşık bile olamazdık. İnsanın şiir yanı aşktır. Aşksız hayat nasıl olursa, şiirsiz hayat da öyle olur.

*

Şiir olmasaydı şiir defterim boş kalırdı, bu da beni çok üzerdi.

*

Şiir olmasaydı milli bayramlarımız bu kadar uzun olmazdı. 23 Nisan'da, 19 Mayıs'ta sürekli şiir okuyoruz, bu da törenlerin uzamasına neden oluyor.

*

Dünya batardı. O kadar çok şair, o kadar güzel şeyler söylemiş ki şiir yoluyla; sözleriyle kalbimize, beynimize ışık tutmuşlar. Bu dizelerin olmaması demek, dünyanın sonu demek olurdu.

*

Şiir olmasaydı Türkçemiz fazla gelişemezdi. İstiklal Marşımız olmazdı.

*

Şiir olmasaydı şiir mesleği diye bir meslek olmazdı.

*

Şairler, bu şiiri ben yazdım diye öğünemezdi. Balon gibi sönerdi havaları.

*

Şiir olmasaydı dünyada yardımseverlik, hoşgörü diye bir şey olmazdı.

*

Şiir olmasaydı hayatın boşluğuna düşerdik, bir daha da çıkamazdık.

*

Şiirsiz hayat, kör sağır ve dilsiz yaşamaktır.

*

Şiir olmasa şarkı da olmazdı. Şarkının, türkünün olmadığı bir dünyaya insan nasıl katlanabilir?

*

Şiir, herkes demek... Şiirin olmadığı bir yerde kimse yaşamak istemez.

*

Bence şiir çok önemli... Ama neden önemli? Bunu anlatmaya gücüm yetmiyor.

*

Şiir olmasa dünya yine var olurdu ama herkes kendini eksik hissederdi.

*

Şiir olmasıydı o zaman hepimiz duygularımızı kompozisyon yazarak ifade etmek zorunda kalırdık.

*

Dünyada şiir olmasaydı anlamlı bir konuşma düzenimiz de olmazdı.

*

Şiir olmasaydı hayatımız hep kış olurdu. Bahar nedir bilmezdik.

*

Şiir olmasaydı insan da olmazdı.

*

Şiir, yaşayanları anlatmak için yazılır. Şiir olmasaydı yaşıyor sayılmazdık.

*

Şiir olmasaydı sevgi de olmazdı, nefret de... Hepimiz birer robot gibi yaşardık.

*

Şiirsiz yaşamak susuz kalmak gibidir. Susuz kalan insan büyüyemez, ölür.

*

İnsan yanımız ancak şiirle anlatılabilir. Onsuz hayatın bir anlamı olmaz.

*

Şiir olmasaydı kimseyle dertleşemezdik. Saklı duygularımızı kimseye ifade edemezdik...

YAŞLI ÖĞRETMENİN ÖĞRENCİLERİNE SORDUĞU DÖRDÜNCÜ SORU: ŞAİR OLMAYI İSTER MİSİNİZ, NEDEN?

İsterdim çünkü şairlik bence en kutsal mesleklerden biri. Duygularını yazarak para kazanmaktan daha güzel ne var...

*

İstemezdim çünkü yeteneğim yok. Duygu ve düşüncelerimi şiir yazarak ifade edemiyorum.

*

Herkes şair olmak ister. Şair olmak demek, kalemi kuvvetli olmak demektir. Şairler çok düşünen kültürlü insanlardır. Ahlaki yönden üstün kişilerdir. Şiirleriyle insanları eğitmek isterler. Şair olmanın nasıl bir duygu olduğunu bilemem. Şair olsaydım ben de bir Mehmet Akif Ersoy olmak isterdim. Bilgili olmak, duygulu olmak ve sel gibi akmak... Bu yazıyı yazarken düşündüm de kim bilir ben de bir gün Mehmet Akif gibi olabilirim, neden olmasın? Şiirle topluma örnek olmak, insanlığa hizmet etmek dünyanın en güzel uğraşılarından biri olsa gerek...

*

Şair olmayı istemezdim, çünkü ben şairlik gibi bir mesleği beceremem. Şairler duygu ve düşüncelerini çok güzel ifade ederler. Ben de bunu yapabilirim ama onlar kadar iyi yapamam.

*

İstemezdim çünkü şiir yazmayı sevmiyorum.

*

İstemezdim çünkü şiir yazacak kadar duygulu biri değilim. Şair olmak çok zordur. Herkes şair olmak ister ama bunu çok az kişi başarabilir. İnsanın şiir yazabilmesi için etrafındaki insanların onu etkilemesi gerekir. Böyle bir olanağa sahip değilim... Çevremde o tip insanlar heç yoook...

*

Evet, isterdim... İnsanların sevinçlerini, üzüntülerini, önemli günlerini anlatırdım. Herkesin anlayabileceği şiirler yazardım. Bu vatanı kurtaranlar için de onları yüceltici şiirler yazmak isterdim.

*

İsterdim. Çünkü şair olunca çok para kazanırdım. Şiirlerimden kazandığım parayla yoksullara yardım ederdim.

*

İsterdim çünkü şiir bizi rahatlatır. Şair olunca duygularımı, düşüncelerimi saklamak zorunda kalmazdım.

*

Şair olmak, insanları eğitmek, onlara iyi bir geleceğin mümkün olduğunu göstermektir. Şair olsaydım bu büyük bir gurur olurdu benim için.

*

Şiir yazmayı severim ama şair olmayı istemem. Çünkü şair olunca şiir yazmak zorunluluk halini alır. Ben canım ne zaman şiir yazmak isterse o zaman yazıyorum.

*

Evet, isterdim... Çünkü duygu ve düşüncelerimi şiirle daha iyi ifade bildiğimi düşünüyorum. Bazı şarkıcıların şarkı sözleri o kadar kötü ki, ben bile onlardan güzel yazıyorum.

*

Şair olmayı isterdim çünkü o zaman herkes benden söz ederdi. Duygularımı, düşüncelerimi anlatarak herkesin beğenisini kazanırdım. Toplum içinde parmakla gösterilen biri olurdum.

*

Hiç düşünmedim ama herhalde isterdim. Şiirlerimi dergilerde, kitaplarda görmek çok hoşuma giderdi. Televizyonlarda benimle ilgili konuşmalar yapılırdı.

*

İsterdim. Çünkü şair olunca hiçbir şeyi içimde tutmak zorunda kalmazdım, her şeyi kâğıda aktarırdım, böylece içimde hiçbir dert, keder, üzüntü kalmazdı. Ama ben şiir yazacak kadar yetenekli olmadığımdan yalnızca şiir okumakla yetiniyorum. Yine de biraz uğraşırsam yapabilirim sanıyorum.

*

İstemekle şair olunsaydı herkes şair olurdu. Ben de birçok arkadaşım gibi şiir yazıyorum. Ama kimse bizi tanımıyor. Bunun için ne yapmamız gerekiyor acaba?

*

Evet, isterdim... Şair olunca bütün dünya sizi tanır. Öldükten sonra bile unutulmazsınız. Belki de insanlar sırf bu yüzden şiir yazıyor.

*

İstemezdim çünkü bu iş bana göre değil. Yaşadığım her şeyi insanlara anlatamam, sıkılırım, utanırım...

*

İsterim. Gelecekte iyi bir yazar olmak istiyorum zaten. Bunun için de küçük küçük şiirler yazmaya başladım.

*

İsterdim çünkü şair olunca herkesin beğenisini kazanırsınız, insanlar size hayran hayran bakar.

*

Ben bilgisayar mühendisi olmak istiyorum... Ailemin ve kendimin geleceği için... Bütün bunları şair olunca başarabilir miyim bilmiyorum. Eğer başarabileceksem, neden olmasın? O zaman şair de olmak isterim.

*

Şair olunca şiirleriniz ders kitaplarına girer. Bütün Türkiye'de, hatta dünyada bile tanınırsınız. Bu gurur verici bir şey... Elbette şair olmayı isterim. Kim istemez ki böyle bir şeyi?

*

Şair olmayı isterdim çünkü şairlik kendine özgü bir iş. Kendi kendinizin patronu olursunuz. Canınız nereye gitmek isterse oraya gidersiniz. İşyeriniz her yerdir: Deniz kıyıları, kahvehaneler, parklar, sokaklar... Kimse size, neredesin, ne yapıyorsun diye hesap soramaz. Ne zaman isterseniz o zaman şiir yazarsınız. Yayınevleri yazdığınız şiirler için hesap numaranıza para yatırır. Para sıkıntısı nedir bilmezsiniz. Kim böyle bir işi istemez ki... Örneğin Yahya Kemal'i ele alalım. Bir şiirinde İstanbul'u anlatıyor. Çünkü sürekli gezen biri, yaşamak için fabrikada ya da tarlada çalışması gerekmiyor. Ne kadar çok gezer, görürse bir şair o kadar güzel şiirler yazar. Türkçemiz o kadar güzel bir dil ki, bu dilde şiir yazmak büyük bir ayrıcalık. Şair olmayı istememim bir nedeni de bu.

*

Şair olunca insan hem ünlü oluyor hem de içindeki duyguları kâğıda dökebiliyor. Bu da onu güzel bir meslek yapıyor.

*

İstemezdim. Bana göre şairler boş işlerle uğraşıyor. Avrupa'ya yetişmemiz için bizim teknoloji üretmemiz lazım, şiir yazmamız değil.

*

Her taraf şair dolu. Her şiir yazan ünlü olamadığına göre bunların çoğu şair değil. Ben şair olmayı istemem çünkü duygularımı başkalarıyla paylaşmayı sevmiyorum. Daha doğrusu yazmayı sevmiyorum.

*

İsterdim. Duygularımı, düşüncelerimi şiirle anlatmayı seviyorum. Şiir yazarken o kadar yoğunlaşırım ki, başka bir âlemde gibi olurum. Bu duyguyu seviyorum. Tabi şiir yazmak kolay değil. Yeniden yeniden okumak, silip silip tekrar yazmak gerekiyor, sabırla, cesaretle...

*

Önce bir işim olmalı. Yalnız şiir yazarak para kazanamam. İlerde boş vakitlerimde hobi olarak şiir yazmayı düşünüyorum.

*

Nasıl şair olabilirim ki... Babamın da dediği gibi benden bir şey olmaz. Yeteneksizim, kabiliyetsizim, başarısız bir öğrenciyim.

*

Şair olmayı isterim ama bir süre sonra duygularımın gözlemlerimin ve düşüncelerimin sonunun geleceği hissi var içimde. Öğretmen olmayı daha çok istiyorum. Çocukları çok sevdiğim için onlara daha yararlı olacağımı düşünüyorum.

*

İstemezdim. Benim başka hedeflerim var. Macera dolu, heyecanlı meslekleri seviyorum. Şairlik böyle bir iş değil.

*

Herkes şair olmak isterse bu, gerçekten şair olan insanlara büyük saygısızlık olur.

*

İnsanın şiir yazmak için bir nedeni olmalı. Arkadaşlarımın çoğu âşık olduğu için şiir yazıyor. Ben onlar kadar yetenekli değilim. Bir sevgilim bile yok. Aslında var ama bana değil, başka birine âşık salak... Onun sevdiği de başka birini seviyor.

*

Yazdıklarını insanların ezberlemesi, birbirine okuması güzel bir şey... Öldükten sonra bile unutulmazsın. Ama ben yeteneksizim, kesinlikle şair olamam.

*

Güzel şiir yazmama rağmen şair olmak istemem. Bugüne kadar yalnızca bir iki şiirimi çok yakın arkadaşlarımla paylaştım. Duygularımın bana özel kalması gerektiğini düşünüyorum. Herkesin hakkımdaki her şeyi bilmesi beni sıkar.

*

Şairler ince ruhlu insanlardır, gönül bahçeleri zengindir. Şiir yazarak ben de onlar gibi olmak istiyorum.

*

Bana göre sonradan şair olunmaz. Bazı insanlar şair olarak doğar. Bakalım ben onlardan biri miyim? Bunu zaman gösterecek.

*

Şair olamam ama iyi bir roman ya da öykü yazarı olabilirim. İyi bir üniversiteyi bitirip iş sahibi olunca, boş zamanlarımda roman yazmayı düşünüyorum.

*

Bazı şairler şiirleriyle çocukları eğitmeye çalışıyorlar. Öğretmenlere, eğitime, dostluğa, sevgiye büyük önem veriyorlar. Her konuda şiir yazıyorlar. Ben onlar kadar bilgili olmadığım için şair olamam. Yalnızca aşk şiiri yazarak şair olmak mümkünse bunu yapabilirim.

*

Şairlik bana göre dünyadaki en zor mesleklerden biri. Şiir demek, dört dizeyi alt alta yazmak demek değil. Ben arkadaşlarım gibi şiir yazmıyorum. Şairlerin şiirlerini kendime örnek alıyorum. Onlar gibi her şeyi açıkça değil de gizleyerek anlatmak istiyorum.

*

Bana göre dünyada şairlikten daha güzel işler var. Örneğin turist rehberliği... Turist rehberi olabilirsem, ilerde bütün dünyayı dolaşabilirim, cebim parayla dolu olur.

*

Şair olmak elbette zor ama ben zorlukların üstesinden gelebilen bir yapıya sahibim. Yazdığım şiirler bunu ispatlıyor. Babam da şair benim. İlerde benim de onun kadar çok şiirim olacak. Babam henüz kitap bastıramadı ama ben mutlaka bastıracağım.

*

İstemezdim. Doktor olursam insanlara daha çok yararlı olabilirim diye düşünüyorum.

*

Şair olmak güzel bir şeydir. Ama ben şair olmak istemezdim. Çünkü ben duygu ve düşüncelerimi ancak kompozisyon olarak yazabilirim. Ama denesem belki şiir de yazabilirim.

*

Şair olmak istemem, çünkü utanırım, her şeyi açık açık söyleyemem.

*

İsterim ama yeteneğim olmadığı için düşünmüyorum. Bazen kendime bir defter yapmayı deniyorum ama masaya oturduğumda aklıma hiçbir şey gelmiyor.

*

İsterdim. Düşüncelerimi, insanlara en iyi şiir yazarak aktarabileceğimi düşünüyorum.

*

İsterim. Çünkü yazar olursam daha bir bilgili olurum.

*

Büyüyünce şair olmayı çok isterim. Aklımdakileri ritmi bozmadan oldukça güzel aktarabiliyorum. Örnek:
   "Gecenin güzel yüzü yüreğinize dokunsun,
   Kâbuslar sizden uzak,
   Melekler başucunuzda olsun,
   Güneş öyle bir güzel doğsun ki,
   Öğretmenler gününüz kutlu olsun."

*

Şair olmak isterim. Çünkü duygularımı, düşüncelerimi veya hayatımı kâğıda dökmeyi severim. Bu beni rahatlatır. Bazı özel zevklerimi insanlara anlatamam. Anlatmaktan sıkılırım. Bu yüzden her şeyi şiire dökerim. Bu çok hoşuma geder.

*

Şair olmak bana göre iyi bir şey değil.

*

İsterim ama beceremeyeceğimi biliyorum. Yine de bazen oturup şiir yazıyorum. Öğretmen olduğumda öğrencilerime kendi şiirlerimi okuyacağım. Yazdığım şiirlerden biri şöyle:

"Ben bir açan güldüm,
Daha sonra kapandım,
Nedenini sorarsanız
Bu yıl yine takdir alamadım.
Sen bir güzel gülsün,
Aç yine
Bir daha kapanma.
Hadi hoşça kal."

YAŞLI ÖĞRETMENİN ORTAOKUL ÖĞRENCİLERİNE SORDUĞU BEŞİNCİ SORU: CEMAL SÜREYA

Aşağıdaki Dizeleri Yorumlayınız...

TABANCA

Sigara içenlere ateş etmeyiniz

Evli bir kadınla rakı içerken

Rozet gibi göğsüne takmış cesaretini

Ben Mitridat'tan söz ettim siz etmeyiniz

Eski bir Osmanlı paşası gibi

Feodaliteyi süpüren bıyıklarıyla

İstanbul İstanbul uzakta

İstanbul'a ateş etmeyiniz

Tutalım yanılıp ateş ettiniz

Şeker Ahmet Paşa'nın resimlerini

Eski hecelerin şiirlerini bir de

Ben çok seviyorum siz de seviniz

(Cemal Süreyya)

İlk Dizenin Yorumu:

İnsanların yaptığı hoş olmayan davranışlardan söz ediyor şair. Mitridat sözüyle ise bir kişinin kötülük yaparken ne kadar cesur olabileceği anlatılıyor.

*

Sigara içenlere, içmeleri için yardım etmemeliyiz, sigaradan uzaklaşmalarına çalışmalıyız. Bazıları kötü alışkanlıklardan bahsediyor. Bizler asla böyle şeylerden söz etmemeliyiz.

*

Yani sigara içenlere ateş etmeyiniz deniyor. Bence etsinler. Çünkü sigara sağlığa zararlıdır. İnsanlar sigarayı bırakmalılar. Öğretmenler, sigara sağlığa zararlıdır diyorlar, kendileri içiyorlar.

Rozet diyerek ise rozetin önemini vurguluyor. Rozet takılır. Takılmazsa olmaz.

*

Sigara kötü bir şey olduğundan zararlıdır. Bazen ölüme yol açar. Ayrıca evli biriyle birlikte olmamamızı, içki, sigara içmememizi söylüyor.

Mitridat'tan ne kastettiğine gelince; ben kötü bir şeyden söz ettim, siz etmeyiniz demek istiyor. Her halde küfür etmiş onlara.

*

Sigaraya, içkiye hayır! Rozet takacaksak Atatürk rozeti takmalıyız.

*

İnsanlar alkol, sigara gibi şeyler içince ne yaptıklarını bilmezler. Anlamsız bir cesarete kapılırlar. En ufak şeyde sinirlenirler. Kendilerini haklı çıkarmak için başkalarında suç aramaya başlarlar. Sonra da kavga ederler. Bu yüzden içkiden ve sigaradan uzak durmalıyız. Kimseye içkiden ve sigaradan söz etmemeliyiz.

*

Kendine zarar veren insanın, üstüne giderek onun kendine daha fazla zarar vermesine neden olmayalım. Sigara içmemesi konusunda ona yardım edelim. Kimseye sigara ve içki iç demeyelim. Yanlış davranışlardan kaçınalım. İnsanların özel hayatlarına el atmayalım. Doğru, dürüst, namuslu olalım. Doğru yoldan ayrılmayalım. Kötülüğe gidenleri o yoldan ayırmaya çalışalım. Başka insanların yaptığı yanlışlardan ibret alarak o hatalara düşmeyelim. Daima iyilikten yana olalım. Ateşle oynamayalım. Büyük sözü dinleyelim. Biz bu davranışları benimsersek Allah daima yanımızda olur.

*

Sigara içenlere ateş etmeyin derken, onların sigaralarını yakmayın demek istiyor. Çünkü sigara sağlığa zararlıdır. Rozet gibi göğsüne takmış cesaretini derken, o kişinin çok cesur olduğundan söz ediyor. Ben Mitridat'tan söz ettim siz etmeyiniz derken, ben şiirden söz ettim siz etmeyiniz demek istiyor.

*

Evli biriyle rakı içme cesaretini gösteren birine, sırf cesareti yüzünden ateş etmeyin. Bu kadar cesaretsiz insan arasında, o başına gelebilecek şeyleri göz önüne alarak, cesaretini rozet gibi göğsüne taktı. Ben şeref, onur gibi kavramlardan söz ettim, siz etmeyiniz.

*

Evli biriyle rakı içerken kendimizi güven içinde bulamayız. Rozet gibi göğsüne takmış cesaretini; yani, hiçbir şeyden korkmadan, yılmadan, pes etmeden böyle bir şey yapmış. Ben Mitradat'tan söz ettim siz etmeyiniz; yoksa başınız yanar, başınıza bir bela gelir...

*

Sigara içenlere ateş etmeyiniz dizesinde; ateş etmeyiniz çünkü sigara içerek zaten kendini zehirliyor. Adamı boş yere öldürüp başına bela alma.

Evli bir kadınla rakı içerken dizesi ise; kendini zehirleyen insanlar başkalarını da zehirler. Çünkü o insanlar alkol ve sigara bağımlısıdır.

Ben Mitridat'tan söz ettim, siz etmeyiniz dizesinde ise; ben kendimi yaktım, rakı içkim, sigara içtim, kötü alışkanlıkları olmayanlara rakıdan, sigaradan söz ettim, siz etmeyiniz demek istiyor.

*

Sigaraya bağımlı olanlara kızmayın, darılmayın ama onlara da uymayın. Evli kadınla rakı içen ona yan gözle de bakabilir.

*

Herkesin kendi yaptığı işleri kendisinedir. Kim ne yaparsa onu biçer. Herkesin de kendine göre cesareti vardır.

YAŞLI ÖĞRETMENİN ORTAOKUL ÖĞRENCİLERİNE SORDUĞU ALTINCI SORU: ECE AYHAN

Aşağıdaki Dizeyi Yorumlayınız...
Benim hiç Çin'de bir ablam olmamış korkunç hu
Gecelerin ilerlemiş saatlerinde tramvaya binen
Bir Bach konçertosunun dudakları gibi çilek korkunç hu.
(Ece Ayhan)
Şiirin Yorumu:
Bir insan var ve Korkunç Hu diye biriyle derdini paylaşıyor. Çin'de hiç ablasının olmadığını söylüyor. Gecenin ilerlemiş saatlerinde tramvaya binen, Bach Konçertosu gibi çilek dudakları olan bir ablasının olmasını istiyor.

*

Yani, gecelerin geç saatlerinde tramvaya binip de bir Bach konçertosunun yanına geldiğimde, konçertonun çok güzel olduğunu gördüm.

*

Korkunç Hu'nun Çin'le ilgili resim yapmadığını, orayla ilgili bir eserinin olmadığını, gecelerin ilerlemiş saatlerinde tramvaya binen kişilerin, Bach konçertosunun dudaklarına benzeyen çilek gibi şeylerin resmini yaptığını anlatıyor. Ayrıca Çin'de hiç kimseyi tanımadığını söylüyor.

*

Çin'le ilgili düşünebileceğim güzel bir anı yok. Hep üzüldüm orada. Sıkıntılarımı yineledim. Gecenin korkunç ve bir o kadar da sessiz karanlığında kumsalda yürüyorum ve artık buradan uzaklaşmak istiyorum. Bir tramvaya binip bir daha dönmemek üzere veda... Bir Bach konçertosunun dudakları gibi çileğe benzeyen elbisesiyle bir kız koşuyor arkamdan. Ablama benziyor ama benim hiç Çin'de ablam olmadı ki...

*

Bu şiirde bir abla özleminin olduğunu düşünüyorum. Belki şairin bazı arkadaşları Çin'de ablalarının olduğunu söylüyor. O da, oralarda bir ablasının olmasını istiyor.

*

Adam, biriyle konuşuyor. Çin'de bir ablasının olmadığını söylüyor. Karşısındaki kişi korkunç biri olmalı. Bu yüzden adını Korkunç Hu koymuş.

Belki de bir konservatuarı anlatıyor. Gecelerin ilerlemiş saatlerinde tramvaya bindiğini, dudaklarının çilek gibi olduğunu... Ya da Çin'de bir ablasının olmasını istiyordur. Geceleri Çinli ablasıyla gezmek, tramvaya binmek istediğini, Çinlileri çok sevdiğini belirtiyor. Dudaklarının çilek gibi kırmızı olmasını istiyor. Geceleri hep kendi kendine konuştuğunu, ya da oyuncak bebeğinin adını Korkunç Hu koyduğunu, geceleri onunla konuştuğunu söylüyor.

Belki de kafeste bir kuşu var, onunla dertleşiyor.

*

Uzak yerleri, oradaki insanları düşünüyorum. Tanımadığım ırkları, dilleri o insanların huylarını... Gecenin ilerlemiş saatlerinde bütün bunlar rüyalarıma giriyor.

*

Asi bir kişinin açıklı duyguları... Acılara sitemle yaklaşıyor. O kadar bıkmış ve beklemiş ki, artık yorulmuş. Gecelerin ilerlemiş saatlerinde bir Bach konçertosu gibi tramvaya binen korkunç anılar geliyor aklına.

*

Tertemiz duygular içinde Çin'in güzelliğini düşünüyor. Orayı görmeyi çok istiyor. Göremeyeceği için acı çekiyor.

*

Bir çocuk, Çin'de ablasının olmasını istiyor. Çin'i hiç görmemiş ve orada bir ablası hiç olmamış.

Bach konçertosunun bir bayan olduğunu anlıyorum. Bu bayan o kadar güzelmiş ki, dudakları çilek rengindeymiş.

Ben de Çin'de bir ablam olmasını çok isterdim. Çince konuşabilen ve bana Çince öğretebilecek bir ablam... Ona Çince, geceleri tramvaya binen bir hayaletin olduğunu söylerdim. O da bana inanmadığını söylerdi.

*

Benim Çin'e ilişkin hiç iyi ve doğru düşüncelerim olmadı. Çin'deki durum beni hep düşündürür. Gecelerin ilerlemiş saatlerinde tramvaya binen biri gibiyim; çaresiz, korkulu, yorgun, eve gitme telaşı içinde...

Bir Bach konçertosunun dudakları gibi duruyor çilek önümde. Çileği özlemiş gibiyim ama yine de yemek istemiyorum.

*

Sana bir şey söyleyeceğim Korkunç Hu... Hatırlıyor musun? Bana bir zamanlar, senin Çin'de oturan bir ablan var demişlerdi ya, yalanmış. Benim Çin'de hiç ablam olmamış. Neden böyle bir yalan söylediler. Bazıları kötü olmamı istiyor, korkuyorum. Aslında beni korkutan gecenin karanlığından çok, sokaktakiler, gecenin ilerlemiş saatlerinde tramvaya binenler. Bir Bach konçertosunun ilerisine giden bu insanlar beni korkutuyorlar. Suratları kötü bir müziğin dudakları gibi çilek çilek yara olmuş. Herkes sapıtmış. Gece boyu olup bitenler beni korkutuyor Korkunç Hu.

*

Bir insan yalnız olduğunu anlatıyor. Hiçbir yerde bir kardeşinin olmadığını ve bunun çok korkunç olduğunu söylüyor. Yalnızlığın korkunçluğunu çok iyi hissettiğini, yalnızlıktan kendini bir çileğe benzettiğini anlatıyor. Yalnız başına zaman geçiremiyor. Bir yere; Çin'e bile gidecek olsa gitse kendini yalnız hissediyor.

*

Bir insan acı çekiyor... Gecelerin ilerlemiş saatlerinde tramvaya binen bir insan... Belki de Bach bu.

*

Çin'in çok güzel bir yer olduğunu anlatmak istiyor.

*

Bir çocuk Çin'i düşünüyor. Hiç tanımadığı insanları... Uzak diyarların güzelliğini... Hiç ayak basmadığı köyleri... Tarlaları... Bulutların beyazlığını, güneşin parlaklığını, renklerin ışıltısını...

*

Genç bir adam Çin'de bir ablasının olmasını istiyor. Kendini yalnız, yalnızlığını korkunç ve berbat buluyor. Sanırım biraz da çılgın bir abla istiyor.

*

Benim Çin'de hiç akrabam olmamış, keşke olsaydı. Çin üniversitelerinin birinde öğrenci olmayı isterdim.

Bir gün büyüdüğümde dünyayı gezmek istiyorum. Yeni yerler görmek, cıvıl cıvıl insanlar tanımak... Kimseden korkmadan, güven içinde mutlu bir hayat yaşamak istiyorum.

*

Korkunç Hu adında biri var. Onunla konuşuyor. Korkunç bir suratı olduğu için kimse Hu'yla arkadaşlık yapmıyor. Hu susuyor... Tek dostu, arkadaşı ona hüzünlü hayatını anlatıyor.

*

Genç bir adam yalnız olduğunu haykırıyor.

*

Bir çocuk korkuyor. Ablasıyla birlikte tramvaya binip eve gitmek istiyor.

*

Burada bir abla özlemi var ama neden ablasının gecelerin ilerlemiş saatinde tramvaya binmesini istiyor, anlamadım. Bir de; "bir Bach konçertosunun dudakları gibi çilek" ne demek? Hiç böyle şey olur mu? Bach ne? Konçerto derken sanırım konçerto demek istemiş.

*

Biri sürekli korku içinde bulunuyor. Dertleşecek bir dosta, arkadaşa ihtiyacı var. Dost dosttur, kız veya erkek olması fark etmez. Korku içindeki adam bir dostun ya da bir ablanın yardımıyla korkularından kurtulup güven dolu yeni bir hayata başlamak istiyor.

*

Kişi, Çin'de bir ablasının olmadığını söylüyor. Bunun için üzülüyor. Karşısında korkunç bir adam var. Derdini onunla paylaşıyor. Çünkü çok yalnız... Ne bir ailesi, ne bir yakını var. Konuşabileceği tek kişi Korkunç Hu.

YAŞLI ÖĞRETMENİN ORTAOKUL ÖĞRENCİLERİNE SORDUĞU YEDİNCİ SORU: SALAH BİRSEL

Aşağıdaki dizeleri yorumlayınız...
COĞRAFYA DERSİ
Bugünkü dersimiz coğrafyadır
Korkmadan yaklaşın erkeklere
İşte Bolu ormanları şu karşısı
Aşk gezisine çıkın sabah sabah
Çekinmeyin dersimiz coğrafyadır
Bakın burası Asya dedikleri yer
Beyoğlu Caddesi Hong-Kong'da burası da
Aman yavaş olun Çinlilere basmayın
Doldurun çantanıza en sarılarını
Unutmayın dersimiz coğrafyadır.
Anlamıştım böyle olacağını ben
Kalküta fillerini ezdiniz işte
Durun Himaliya'ya tırmanın bari
Elbiselerinizi çıkarın Tibet yaylasında
Sıkılmayın dersimiz çoğrafyadır
Siz dersi dinlemeyen bayan
Bakın bunlar da Afrika sultanları
Dört mevsim yorulmadan ananas yiyen
Habeş oğlanlarını sevin ama siz isterseniz
Unutmayın dersimiz coğrafyadır
Alp dağları işte bunlar da
Görmüyoruz demeyin erkeklerden
Aşağı inerseniz Venedik kontları
Uyuyun Roma sokaklarında öğleüstü
Unutmayın dersimiz coğrafyadır

Bakın burası da Paris denizi
Brigitte Bardot kraliçesinin elinde
Daha yukarda İngilis Ulusal Bankası
Yürütün siterlinleri sırası gelmişken
Korkmayın dersimiz coğrafyadır
Bugünlük bu kadar bir başka derste
Amerikayı görürüz Gary Cooper'le
Ama sarılın kocalarınıza siz şimdiden
Kocalarınız da aldırmaz sanırım buna
Unutmayın dersimiz çoğrafyadır
(Salah Birsel)
İkinci Beşliğin Yorumu:

Bu şiirde, dünya coğrafyasını, daha doğrusu coğrafyanın önemini unutmamamız vurgulanıyor. Türkiye'deki bazı yerler Asya'daki yerlere benzetilmiştir. Türkiye'den daha çok Asya'nın önemi üzerinde durulmuştur. Yani daha çok Çinlilerden ve Çin'den söz edilmiştir.

*

Asya'ya bir gezi düzenlenmiştir. İnsanlar gezmek istedikleri yere geldiklerinde geziyi yöneten rehber:

"Bakın burası Asya dedikleri yer," der.

Geziye katılanlardan biri etrafı incelerken Beyoğlu Caddesi'ni hatırlar:

"Hong-Kong'daki şu caddeye bakın," der. "Beyoğlu Caddesi'ne benziyor."

Rehber, gezideki insanlara Asya'daki insanların kısa boylu olduğunu açıklar.

"Hong-Kong'daki Çinlilere dikkat edin de basmayın," şeklinde espri yapar.

Daha sonra yolları ormanlık bir alana düşür. Muz ağaçlarını görürler. Oradaki İnsanlara:

"Biraz muz alabilir miyiz?" diye sorarlar. Kısa boylu Çinliler izin verir. Herkes muz toplamaya başlarken rehber:

"Doldurun çantalarınıza en sarı olanları," der. Ne de olsa artık Çinlilerden izin almışlardır.

Sonra gezideki insanlar muzları yemeye başlarlar. Daha sonra Çinlilerle sohbete dalarlar. Rehber der ki:

"Tamam, artık, herkes toplansın, gidiyoruz. Buraya boş boş durmaya gelmedik. Unutmayın dersimiz coğrafyadır."

*

Beyoğlu Caddesi Hong-Kong'a benziyor anladığım kadarıyla. Çinlilerin kısa boylu olmalarıyla dalga geçiliyor. Hangi bayrağı elimize alacağız? Kendi bayrağımızı mı, Çinlilerin bayrağını mı? Herhalde kendi bayrağımızı... Ya Çinliler kızarsa...

*

Şiirde karşılaştırma söz konusudur. Hong-Kong ülkemizdeki Beyoğlu'na benzetiliyor. Şakacı bir öğretmen öğrencilerine ders anlatıyor. Yabancı ülkelerde yaşayan insanlardan söz ediyor.

*

Dünyayı korumamız gerekiyor. Doğayı sevmeliyiz, çimlere basmamalıyız, çiçekleri koparmamalıyız, ağaçlara zarar vermemeliyiz. Unutmamalıyız ki, dünya bize babalarımızdan miras değil, çocuklarımızdan emanet olarak alınmıştır. Nasıl aldıysak öyle teslim etmeliyiz.

*

Sanki bir coğrafya öğretmeni öğrencilerine ders anlatıyor. Beyoğlu Caddesi'nde çok sayıda Çinlinin olduğunu söylüyor. Sanki burası Türk değil de Çin yurdu. Türk'ten çok ülkemizde yabancılar yaşıyor.

*

Ders veren öğretmen Çinlileri küçümsüyor.

*

Çinliler de akıllı insanlar. Kısa boylu olmaları onların suçu değil ki... Hem ne önemi var. Önemli olan insan olmak, uzun boylu ya da kısa boylu olmak değil.

*

Benim kafam karıştı. Çinliler armut mu, erik mi, portakal mı, elma mı? Ne? "Doldurun çantanıza en sarılarını," ne demek?

*

"Beyoğlu Caddesi Hong-Kong'da burası da" bozuk bir cümle değil mi öğretmenim?
     Doğrusu şöyle mi olacak?
     "Hong-Kong'da bir Beyoğlu Caddesi..."

*

Buraya Çinlileri öldürmeye gelmedik. Dikkat edin. Amacımız gezerek, görerek daha çok şey öğrenmek, cahillikten kurtulmak. Unutmayın, çok okuyan değil, çok gezen bilir.

YAŞLI ÖĞRETMENİN ÖĞRENCİLERİNE SORDUĞU SEKİZİNCİ SORU: ÖZDEMİR ASAF

Aşağıdaki dizeleri yorumlayınız...

MACERA

Ben yürümeye başlayınca denizlerin üstünde

Karalarda koşanlar durup bana baktılar.

Ben de gittim

Sığınacağım adaları birer birer batırdım.

(Özdemir Asaf)

Şirin Yorumu:

Bir insan kendi ayakları üzerinde duruyor. Başarılı işler yapıyor. Dost ya da arkadaş bildiklerinin kendisiyle gurur duyacağını zannediyor ama arkadaşları onu çekemiyor, kıskanıyor. Başarısız olmasını istiyorlar, bunun için çaba sarf ediyorlar. O da bunu görünce dostlarıyla olan ilişkisini bitiriyor. Yani güvendiği dağlara kar yağıyor. Bu da onu çok üzüyor.

*

Şair denizlerin üstünde yürümeyi istiyor. Yani imkânsızı başarmak istiyor ve başarıyor. Yalnız karada yürüyebilenler onu görünce kıskanıyor. Şair bundan rahatsız oluyor. O olumlu insanın yerini öfkeli bir insan alıyor. Karada kıskançlıkla kendisine bakanlara inat denizde yürümeyi sürdürüyor. Bir daha kendisini çekemeyen insanlarla birlikte olmamak için sığınabileceği adaları bile batırıyor. Bir daha karaya ayak basarak o insanlarla bir arada yaşamak istemiyor, hep denizde kalmak, hep başkalarından farklı olmak istiyor.

*

Şair kendini hayal ettiği yerde buluyor. Kimsenin başaramayacağı, çok ama çok zor bir işi başarıyor. Bu başarısını çekemeyen insanlara sitem ediyor.

*

İnsan karşılaştığı zorlukları kimseden yardım almadan aşmalı. Gerçek gücümüzü ancak o zaman anlayabiliriz. Yetişkinler bazen yapmak istedikleri işlerde yalnız kalmak isterler. Gelen yardımları geri çevirirler. Tek başına ne iş başarabileceğimizi ancak yalnız kaldığımızda anlayabiliriz. Her insan bir gün yalnız kalır. Yalnız kaldığımızda kendi ayaklarımız üzerinde durup duramayacağımızı bilmek isteriz. Sorunları tek başımıza çözdükçe kendimizi daha güçlü hissederiz. Karada yürümek kolaydır ama denizde yürümek imkânsızdır. İmkânsız gibi de olsa hedeflerimiz her zaman büyük olmalıdır. Sığınabileceğimiz adaları batırmalıyız ki yolumuzdan dönmeyelim.

*

Sığınacağım adaları birer birer batırdım çünkü bana faydası olan insanları üzdüm, kırdım, karalarda koşanlardan farkım kalmadı. İyi bir iş başardığımı düşünerek insanları küçük gördüm. Çevremizdeki kişilerle kurduğumuz ilişkiler başarılarımızdan daha önemlidir. Ben bunu başaramadım. İnsanları, küçük işlerle uğraşanları anlayamadım. Bu yüzden kendimi cezalandırıyorum.

*

Denizlerin üstünde yürümek zordur, hatta imkânsızdır. Bunu başaran insan yalnız kalır. Şair çok yalnızdır. Yalnızlığından başka hiçbir yere sığınamamaktadır. Batırdığı adalar şairin yalnızlığıdır. Yalnızlıktan bıktığı için şair, sığınabileceği bütün yalnızlıkları, yani adaları batırmıştır.

*

Zor bir şey yoktur. Bu şiirde, insan istedikten sonra her şeyi başarır demek isteniyor.

*

Karalarda yaşayanlar kolayı seçiyorlar. Adam onların arasında yaşamak istemiyor. Adaları batırarak önce onları sonra da kendini öldürmek istiyor.

*

Adam, kimsenin başaramayacağı bir işi başarmış. Başkalarından farklıyken, büyük işler başaramayanların yanına gittiği için başkalarından farkı kalmamış. Bu da onu çok üzmüş. Çevresindeki insanlara kötü davranmaya başlamış. Çünkü onlar olmasaymış, sürekli başarılı olacakmış. Kimseye benzemeyecekmiş. Giderek nefret ettiği, eleştirdiği, beğenmediği insanlara benzemiş, hatta onlardan daha aşığı konuma düşmüş. İnsanların yaşadığı adaları batırarak onlardan intikam almış. Hem kendine hem başkalarına kıymış.

*

Bir insan hayatının anlamını arıyor. Ama kimse yardım etmiyor, etmediği gibi onunla dalga geçiyorlar: "Denizlerin üstünde mi yürüdüğünü sanıyorsun sen aptal herif," diyorlar ona. "Sen de bizim gibi karada yaşıyorsun ve hep karada yaşayacaksın!"

YAŞLI ÖĞRETMENİN ORTAOKUL ÖĞRENCİLERİNE SORDUĞU DOKUZUNCU SORU: EDİP CANSEVER

Aşağıdaki dizeleri yorumlayınız...

KUŞATMA

Bir gün akıp gitmeye her yerim
Suyundan içmeyle alışık.
Gitmek! Yazmışım defterime çoktan
Rıhtımlar, güz hatıraları, daha bir sürü şey
Şuramda darmadağınık.
Vişneler, atlar, yıldızlar
Yıldızlar, sık ağaçlar, kasaba lokantaları
Yıllarca duran sözler yenisi konuşulmadık.
Oteller, oteller, o bakımsız suçluluğum benim
Geçmem kapınızdan bile artık.
Doğasın, bir sen beklersin beni, bilirim
Sesimi, düşlerimi, kırık parmaklarımı
Var başka neyimse onları artık.
Doğasın sen, doğasın, yarat beni yeniden
Ey yalnızlığımı kuşatan yalnızlık.
(Edip Cansever)

Son Beş Dizenin Yorumu:

Şair, yalnız olduğunu, yalnızlık tarafından tekrar yaratılmayı istediğini söylemektedir. Yalnızlığından başka bir şeyi olmayan biridir. Tek bekleyeni, tek beklediği yalnızlığıdır.

*

Şair çok yalnız... Doğaya sığınıyor. Acılarından kurtulmak için doğa tarafından tekrar yaratılmak istiyor.

*

Yalnızlığının doğadan geldiğini, üzüntülerini doğayla paylaştığını anlıyoruz.

*

Doğa annemiz gibidir. Kimse bizi onun kadar anlayamaz. Bu yüzden doğayı korumalıyız.

*

Âcizane fikrim şöyle: Bu şiirde yalnızlıktan bıkan birinin feryadı var. Sitem, hüzün ve çaresizlik söz konusu... Şair acı içinde. Üzüntüden yıkılıyor.

*

Şiirin bende uyandırdığı duygu ve düşünce: Duygu; hüzün... Düşünce; doğanın yaratıcı gücü...

İnsan eğer mutsuzsa hayatını yeniden gözden geçirmelidir. Acılarımızı ancak kendimizi değiştirerek yenebiliriz. Yalnızlık, hayattaki en son isteğimiz olmalı.

*

Şair, doğanın insan hayatındaki önemini anlatmaktadır. Kendimizi değiştirmek istediğimizde doğaya dönmeliyiz.

*

Bekleyeni olmayan, hayata küsmüş bir kadın, doğacak çocuğuna sesleniyor. "Doğasın sen," diyor ona. "Bir sen beklersin beni, bilirim." Çocuğu doğunca her şeyin düzeleceğini, yeni bir hayata başlayacağını, çocuğunun varlığında yeniden doğmuş gibi olacağını düşünüyor.

*

Her üzüntü bir gün son bulur. Ağaçlar yeşerir, çiçek açar, meyve verir. Sonra sonbahar gelir. İnsan da böyledir. O da bir gün kurur, yalnız kalır. Ama doğa durmaz, her şeyi yeni baştan yaratmaya devam eder.

*

Doğayı kirleten şey, insanın ürettiği atıklardır. İnsanı kirleten şeyse yalnızlık... Yaptığımız onca haksızlığa rağmen yine de tek dostumuz doğadır. Yalnızlık bizi kirlettiğinde bir tek ondan yardım isteyebiliriz.

*

Şair, sahte, basit ve yalnız hayatından yakınıyor. Çocukluğunu hatırlıyor; yoksul hayatını, çırak olarak verildiği sanayide kabarta düzeltirken kırılan parmaklarını... Yorulmuş, bıkmış bir sesle sesleniyor. Dünyaya yeniden gelmek istiyor. Bu kez mutlu bir çocuk olarak... Yoksulluğunu, yalnızlığını düşünüyor. Kırılan, şekilsiz parmaklarına bakıyor.

*

Yalnızım... Çok ama çok yalnızım dostlarım... Nereye gidebilirim? Değişmek, yalnızlık içinde yaşamayı öğrenmek istiyorum ama bunu nasıl başaracağımı bilemiyorum. Kendimi yeniden var edebilmem için ne olur bana yardım edin.

*

Bence bu şiir çok anlamlı... Herkes zaman zaman eminim ki çok ama çok yalnız kalmıştır. Yalnızlık mutluluğun arka yüzü... Mutluluğun kapısı herkese açıktır ama yalnızlığın kapısı öyle değil. O kapı yalnızca bir kişiye açılır; kendimize...

*

Hayat demek bir bakıma yalnızlık demek... "Ey yalnızlığımı kuşatan yalnızlık;" dizesini, "Ey mutluluğumu kuşatan mutluluk," yapabilir miyiz? Mutluysak mutluyuzdur. Ama yalnızsak mutlu değilizdir. Mutluluk bizi bir yerde durdurur, mutsuzluksa dalgalı bir deniz gibidir; yalnızlığımızı fırsat bilerek bizi boğmaya çalışan dalgalı, merhametsiz bir deniz...

*

Bu şiir bana şu şiiri anımsattı:
    "Eğer benim ilen gitmek istersen
    Eğlen güzel yaz olsun da gidelim
    Bizim yollar kıraçlıdır, aşılmaz
    Yollar çamurdur, kurusun da gidelim."

*

Bu şiir, doğacak olan bir çocuğun yapayalnız yaşayan annesi tarafından yazılmış gibi. Mutsuz anne çocuğuyla konuşuyor. "Sen gelince, ben yeniden doğmuş gibi olacağım yavrum," diyor ona zavallı kadın.

*

Bu şiirin yorumu bana göre şöyle:
    "Ağlasam sesimi duyar mısınız mısralarımda
    Dokunabilir misiniz gözyaşlarıma ellerinizle
    Bilmezdim şarkıların bu kadar güzel

Kelimelerinse bu kadar kıyafetsiz olduğunu,
Bu derde düşmeden önce ben!"

*

Doğanın hayatımızdaki öneminden söz ediyor. Kişi, doğayı çok seviyor. Doğanın düşlerinin yanılgıya uğradığını anlatıyor. Doğaya özlem duyuyor. Düşlerinde bile doğayı hissettiğini söylüyor.

*

Yalnızlıktan sıkılan biri doğadan yardım istiyor. Her şeye yeniden başlamak için doğanın yaratıcı gücüne sığınıyor. Ona: "Doğasın sen, yarat beni yeniden," diyor.

*

Şair, ölmek istiyor. Kendisini yalnızca doğanın beklediğini söylüyor. Ölünce doğa onu yeniden yaratacak... Sesini, düşlerini, her şeyini yeniden yaratacak. Daha güzel bir hayatı olacak. Yalnızlık nedir bilmeyecek. Kırık parmakları bile düzeltilmiş olacak.

*

Yalnızlık, bazen insanı kendi içine öyle bir alır ki... İnsan bunun farkına varsa da içinden çıkamaz, yalnızlıkla yaşamayı öğrenmek zorunda kalır. Bazı insanlar bunun kötü bir şey olduğunu söylese de yalnızlık bazen insanı dünyaya yeniden kazandırabilir. Bu yüzden yalnızlığın da kıymeti bilinmelidir.

*

Yalnız bir insan duygularından söz ediyor. "Tek dostum sensin, beni bir tek sen anlayabilirsin," diyor doğaya. Artık yalnızlık onun için o kadar, o kadar büyük bir durum haline gelmiş ki, hayatının büyük bölümünü kaplamış. Bu yüzden; "Ey yalnızlığımı kuşatan yalnızlık," diyor. Yalnızlıktan bıktığını belirtmek istiyor. Yalnızlığından kurtulabilmek için doğadan yardım istemektedir. Yani, artık insanlardan umudu kesmiş, doğaya yalvarıyor, her tarafını sardığı için belki de yalnızlığına yalvarıyor. Bu insan ne kadar yalnız da olsa, doğaya ve insana sevgiyle bakmıştır ama haksızlığı uğramıştır, kimileri onu yanlış anlamıştır. Bu nedenle yeniden yaratılmayı istemektedir. İnsan için düşünebileceğim en kötü an, onun yalnızlık içinde yalnız olmasıdır. Allah kimseyi bu duruma düşürmesin.

*

Bir insan hayatı anlatıyor. Hayatın acımazlığını, yalnızlığın katlanılmazlığını...

*

Bu şiirdeki "doğa" sözcüğü, dünya üzerindeki canlı, cansız, insan, hayvan, bitki, kısaca her şey anlamına geliyor. Bütün bu şeyleri var edense Tanrı. Şair çok acı çekiyor ama yanlış yerden yardım istiyor. Bence camiye gitmeli, namaz kılmalı. "Ey yalnızlığımı kuşatan Allahım, ne olur bana yardım et," demeli.

*

Bir gün öleceğimizi, doğanın bizi bütün hallerimizle, durumlarımızla bekleyeceğini söylüyor. Bizi yalnızca doğanın yeniden yaratabileceğini anlatmak istiyor.

*

Hayatı hep yalnızlıkla geçmiş bir insan, artık yalnızlıktan bıktığını söylüyor. Akrabaları terk etmiş. Ne bir karısı, ne bir çocuğu olmuş. Daha fazla yaşayamayacağını anlatmak istiyor.

*

Bu kişinin canı bir şeye çok sıkılmış. Dertleşecek kimsesi olmadığı için aklına doğa gelmiş. Bunalım içinde doğayla dertleşiyor. Çok bunaldığı için artık yaşamak istemediğini söylüyor.

*

Dünya da değil, bu kişi artık cennette yaşamak istiyor.

*

Şair şunu demek istiyor:
"Uzun ince bir yoldayım
Gidiyorum gündüz gece
Bilmiyorum ne haldeyim
Gidiyorum gündüz gece."

*

Şairin doğayı çok sevdiğini anlıyoruz. Herkes bizi terk etse de doğa hiçbir zaman terk etmez.

*

Yalnızlık çok kötü bir şeydir. İnsan kendini bazen çok yalnız hisseder, yalnızlıktan kurtulayım derken yalnızlığına yalnızlık ekler. Bu da ruh sağlığımızı bozar. Kurtuluşu ölümde aramamıza neden olur. Doğa ve yalnızlık insanları uyarır, düşündürür. Doğa iyi, yalnızlıksa kötüdür. Böyle durumlarda yardım alabileceğimiz tek yer doğadır. İnsan hiçbir zaman doğaya kızmamalı onu kirletmemelidir.

*

Şair doğanın öldüğünü düşünüyor. O öldüğü için kendini çok yalnız hissediyor. Bu yüzden de bir an önce ölüp doğayı yeniden canlandırmak istiyor. Doğayı kirleterek öldürdükleri için insanlara olan tepkisini böyle dile getiriyor.

*

Doğa, dünya, hayat... İnsan olarak bir nevi hepimizin annesidir. Yalnız, mutsuz hissettiğimizde aklımıza gelen ilk isim annemiz olur. Şairin annesi ölmüş olduğundan doğaya sesleniyor, bir tek onun kendisine yardım edebileceğini düşünüyor. "Doğasın, bir sen beklersin beni, bilirim," derken aslında şöyle demek istiyor: "Annemsin, bir sen beklersin beni, bilirim."

YAŞLI ÖĞRETMENİN ORTAOKUL ÖĞRENCİLERİNE SORDUĞU ONUNCU SORU: GÜLTEN AKIN

Aşağıdaki dizeleri yorumlayınız...
İLKYAZ
Ah, kimselerin vakti yok
Durup ince şeyleri anlamaya
Kalın fırçalarını kullanarak geçiyorlar
Evler çocuklar mezarlar çizerek dünyaya.
Yitenler olduğu görülüyor bir türküyü açtılar mı?
Bakıp kapatıyorlar
Geceye giriyor türküler ve ince şeyler
"Memelerinde biraz irin biraz balık ve biraz gözyaşı
Bir dev oluyorsun deniz deniz deniz
Sisin dere ağızlarından sokulup akşamları
Fındıklarımızı basıyor
Neyleriz kararan tomurcukları
Çocuklarımıza yalvarıyoruz: Aç durun biraz
Tecimenlere yalvarıyoruz:
Bir 'Hotel' bir gizli evlenme az çiziniz
Bir banka az çiziniz bir yalvarma
Birden size ve sizden dışarıdakilere
Karılarımızı yolluyoruz tırnaklarını kesmeye ve demeye
-Evet efendim-
Çocuklarımızı yolluyoruz dilenmeye
Bizler gidiyoruz yatağımız tanrıya emanet
Yazların motorlu çingeneleri
Ah, kimselerin vakti yok
Durup ince şeyleri anlamaya
Baba evleri, ilk kez girilen ırmağa dönüş

Toprağa tutku, kendinden dolayı
Kulaklarımızı tıkıyoruz: Para para para
Kulaklarımızı açıyoruz: Kavga kavga kavga
Sorar belki biri: Kavga ama neden kavga
Komşumuza sonsuz balta, karımıza yumruklar içinde
-Bilmiyoruz neden kavga.
Sonra kasabamızın ceza evinde
Silgimizi göz önüne yerleştiriyoruz
Günlerimizi iterek genişletiyoruz
Yer açıyoruz karılarımızı düşünmeye
Bizsiz geçen menevşeyi düşünmeye
Durup ince şeyleri anlamaya
Kimselerin vakti olmasa da
Okulların kadın öğretmencikleri
Tatil günlerini çoğaltsalar da
Kutsal nemiz varsa onun adına
Gözlerimiz için bağlar dokusalar da
Birikimler ve çizgiler git gide git gide
Açmaya ilkyaz çekleri
Bir gün birileri öte gecelerden
Islık çalarlar, yanıt veririz.
(Gülten Akın)
Şiirin Yorumu:
"Kalın Fırçalarını..." Dizesiyle Başlayan İlk Beş Dizenin Yorumu
Yitip giden hayatı anlatıyor şair. İnsanların türkülerindeki acıları...
Bir de ruhlara ayna tutuyor.

*

Her evde çocuk olmasını isteyen biri, kalın bir fırçayla hayalindeki
şehrin resmini çiziyor. Akşamları evlerde türküler söyleniyor, ince
şeyler konuşuluyor. Çocuklar mutlu oluyor. Resim yapan bu kadın
dünyada bir sürü çocuk olsun istiyor. Biz çocukların hayata birçok

penceredon bakmamız gerektiğini söylüyor. Dünyayı yalnızca bizlerin kurtarabileceğini düşünüyor.

*

Şair, beş dizeden oluşan bir şiir yazmış. Bu şair, bir insanın resim yapabilmesini büyük başarı olarak görüyor. Şairlerle ressamların bazen ortak bir konu üzerinde çalışabileceklerinden söz ediyor.

*

Çocukları seven biri, herkesin bir gün mutlaka gideceği yer olan ahretten söz ediyor.

*

Bir insan dünyanın nasıl bu kadar kötü olabildiğini düşünüyor. Kendisini de suçlu gördüğünden insan içine çıkmaya utanıyor.

*

Biri, ressamların isterlerse evler, çocuklar, mezarlar da çizebileceğini anlatıyor.

*

Şiirin birinci şıkkında, şairlerin neler yapabileceği anlatılıyor. İkinci şıkkında ise ressamların ne kadar becerikli olduğu...

*

Ressamlar resim yapmadan duramazlar. Boya ve fırça onları resim yapmaya teşvik eder. Önce kolay şeylerin resimlerini yaparlar. Resim yapmada ustalaştıktan sonra evler, çocuklar, mezarlar çizerler. Ünleri giderek dünyaya yayılır. Bazı türküler, bu ressamların içindeki özü açığa çıkarır. Bu türküleri dinledikçe içlerine ilham gelir; yazar, çizer, boyarlar. İnsan çalışarak öğrenir. Zor işlerden kaçmamamız gerekir.

*

Bu şiirde resim ele alınmış. Resimle birçok şeyin çizilebileceği, fakat çizilse de günden güne bunların yok olacağı anlatılıyor.

*

Ressamlar kalın fırçalarıyla evleri, çocukları, mezarları çiziyorlar. Hayattaki acı şeylerle güzel şeylerin resimlerini yapıyorlar. Bunu yaparken öyle kendilerinden geçiyorlar ki, adeta kendi iç dünyalarında kayboluyorlar.

*

Bir adam ressamların hayatını anlatıyor.

*

Bir adam türkü söyleyerek resim yapan ressamlardan söz ediyor.

*

Şiiri, resmi ve türküleri çok seven bir ressamdan söz ediliyor. Ressam, bir taraftan müzik dinliyor, bir taraftan da şiir yazarak, resim yaparak duygu ve düşüncelerini dile getiriyor.

*

Şair, ressamların dünyayı nasıl gördüğünü anlatıyor.

*

Bazı ressamların dünyadan göçüp gittiğini anlıyorum. Bir de ressamların nelere bakarak resim yaptıklarını... Bazı ressamların çocuklara, evlere, mezarlıklara bakarak resim yaptıklarından söz ediliyor.

*

Ressamların duygu ve düşüncelerini yansıtan resimlerden söz ediliyor. Duygu ve düşüncelerimizi en iyi şekilde yansıtan sanatlardan biri de resimdir. Ancak, resim yapmak da, şiir yazmak da hiç de o kadar kolay değildir. Bunu ancak özel yeteneği olan insanlar başarabilir.

*

Şair, nasıl ki duygularını kelimelerle anlatıyorsa, ressam da renklerle anlatır. Çocukların, evlerin, sokakların, hatta mezarlıkların bile resimlerini yaparak kendilerini ifade etmeye çalışırlar.

*

Ressamlar dünyaya farklı bakış açıları getirirler. Bunu yaparken yorulurlar, aralarında ölenler yani, yitenler olur. Bazı insanlar onların bakış açılarını beğenmezler, onlar da bu bakış açılarını geceye gömerler.

*

Bir adam, ressamların yaptığı resimlere bakıyor. Bazen ressamların yeteneğini, resimlerini hiçe sayan insanlar oluyor. Bu insanlar o güzelim resimleri kaldırıp atıyorlar. Adam bunları düşünerek çok üzülüyor. Bazı insanlar bilmiyorlar ki o resimler ne büyük emeklerle yapılıyor. Birçok insan ressamların yaptığı bu resimlere dönüp bakmıyor bile.

*

Şair, türkülerimizin değerini bilmediğimizi, onları kaybetmeye başladığımızı anlatıyor. Türkülerimiz gibi, hayatta güzel olan her şeyi yavaş yavaş kaybediyoruz.

*

Bazı insanlar kendilerini sanata adıyor. Öldükten sonra arkalarında kalıcı bir şeyler bırakmak istiyorlar. Bu yüzden resim yapıyorlar, şiir yazıyorlar, türkü söylüyorlar...

*

Bir gün dünyadaki her şey yok olacak. O gün gelmeden ressamlar çok çalışmalı, çok resim yapmalılar.

YAŞLI ÖĞRETMENİN ORTAOKUL ÖĞRENCİLERİNE SORDUĞU ON BİRİNCİ SORU: AHMET OKTAY

Aşağıdaki dizeleri yorumlayınız...
ÖLÜMÜN BIYIKLI BİR RESMİ
Bilmiyor Rembrant daha,
Yalnız peynirden
Ve akarsulardan konuşuyor
Değirmenci Felemenk;
Nice acılar süzdü paletinden
Paris yollarına düştü ama
Henüz Van Gong da çırak.
Cesaretin bebeklikten başladı,
Boya dediğin zaten
Tüfek gibi kullanılır
Haylazlığa, şuna buna karşı.
İki tur danstan sonra
Alnın alnından öperdi ustan Picasso
Masmaviye kesince
Birazdan bu kırk yıllık kavak.
Boş ver ılımanlığa falan
Nasılsa vaktin var coğrafyaya
Kışın da gitmesin leylekler
Oturt bakalım bacanın üstüne,
Kar da yandan çarklı yağsın:
Bir muştu gibi dinleyelim
Damlalara, koyaklara inen sesini.
İmzanı at, portakalını ye,
Böyle yapılır sevinç resmi.
—Sevinç nedir baba?

Çarşıdan döndün nar ayıklıyorum sana
Parmaklarım uçtu uçacak,
Diyelim günlerden pazar
Ütünün kordonunu onardım
Boyadım mutfaktaki dolabı,
Ellerimin sevinci de bunlar.
Dişlerinin sevinci bitmez saymakla,
Kavun-karpuz toprakçıldır
Su içerken omzuna dayar testiyi
Mendil bağlar başına;
Can erik mayhoşluğun birimi
Fındık eşkıya gibi bastırır da
Haziran vermez geçit.
Vermez hüznünden kimselere
Gün sayar, yol izler
Arkadaşın Balaban Cerit.
Öyle sevinecek ki
Dönünce babası mapustan
Bir mimoza olup fışkıracak
Duvarlardan, bahçelerden, parklardan
Sana anlattığı ölü martı.
-Ölüm nedir baba?
Durmuştuk bir çeşme başında
İnerken Mut'a doğru
-Ölüm nedir baba
Ölüm nedir peki?
Ah!
Bıyıkları yeni terlemiş bir ağbi.
(Ahmet Oktay)
İlk Yedi Dizenin Yorumu:
Şair, Rembrant'ın bir şey bilmediğini, değirmenci Felemenk'in peynirden ve akarsudan başka konularda konuşmadığını, çektiği

acıların hepsini resimle açıkladığını, Paris yollarına düştüğünü ancak aradığını bulamadığını, ideallerini gerçekleştiremediğini anlatıyor.

*

Rembrant'ın bir şeyden haberi yok. Basit şeylerden söz ediyor. Onun arkadaşı Felemenk değirmenciydi. Kendini yetiştirmek istedi, Paris yollarına düştü. Resimler yaptı. Paletine bakarak hüzünlendi. Daha güzel resimler yapmak istiyordu. Van Gogh'u aradı buldu. Ama o da çırak olduğundan henüz iyi resimler yapamıyordu.

*

Bir değirmenciyle onun arkadaşı olan Rembrant'ın hayatı anlatılıyor.

*

Bir adam; çıldırmış bir ressam, ne yapacağını bilemiyor. Derdini akarsuya anlatıyor. Bazen de peynirle konuşuyor. Derdini anlatabilmek için resimler yapıyor. Paris yollarına düşüyor. Van Gogh'a geliyor. Orada çıkar olarak yaşamaya başlıyor.

*

Bu şiirden Felemenk'in hayatını kurtaramadığını, başkalarına muhtaç olduğunu anlıyoruz.

*

Hayatta her şeyden haberimiz olmayabilir. Bazen çok gereksiz şeylerden söz ederiz; peynirden, akarsudan mesela... Kendimizi geliştirmek için daha ciddi şeylerle uğraşmalıyız. Çok çalışmalıyız. Gerekiyorsa Paris'e gitmeliyiz. Van Gogh şehrinde çırak olmalıyız.

*

Çok çalışan bir insanın bütün uğraşlarının boşa gittiği anlatılıyor.

*

Şair, insanların çok üzgün olduğunu, dertlerini anlatamadığını söylüyor.

*

İyi bir ressam olmayı isteyen değirmenci Felemenk Paris'e gidiyor. Ünlü ressamlardan Van Gogh'un yanında çırak oluyor. Van Gogh ona resim sanatının inceliklerini öğretiyor. Resimlerinde Rembrant gibi gereksiz şeylerden söz etmemesini söylüyor. Resim yapmanın çok emek isteyen bir uğraş olduğunu, herkesin güzel resim yapamayacağını anlatıyor.

*

Değirmenci Felemenk'in çektiği acılardan söz ediliyor. Felemenk mutlu olabilmek için Paris yollarına düşüyor ama bir türlü oraya varamıyor. Paris'e gidebilmesi Van Gogh'dan çıkabilmesine bağlı. Neden Van Gogh'dan çıkamıyor onu anlayamadım.

*

Fazla bir şey bilmeyen, hep aynı şeylerden söz eden fakir birinden söz ediliyor. Bu adamın adı Felemenk'miş. Felemenk, bilgisini artırmak, daha iyi resim yapabilmek için çok uğraşıyor. Paris yollarına düşüyor. İyi resim yapabilenlere soruyor:

"Daha iyi resimler yapabilmek için neler yapmalıyım?"

"Önce Van Gogh bölgesinden çıkmalısın," diyorlar. "Koca adam oldun hala Van Gogh'da çırak olarak yaşıyorsun!"

(Buradaki Van Gogh bir şehir ya da kasaba olabilir.)

*

Rembrant, değirmenci Felemenk'i yeteri kadar tanımıyor. Onun yalnızca peynirden ve akarsudan söz ettiğinin farkında değil. Hâlbuki ki bunu anlamalıydı. Onca yıl Van Gogh'da çıraklık yaptı, Paris yollarına düştü, kendini yetiştirdi. Buna rağmen Felemenk gibi cahil birinin her dediğine inandı, onun çok şeyler bildiğini sandı.

*

Şair, dünyaca ünlü bir ressamın; Van Gogh'un hayatını anlatıyor. Onun en iyi arkadaşları olan Rembrandt'la, değirmenci Felemenk'ten söz ediyor. Gözümün önünde şöyle bir tablo canlanıyor. Van Gogh'la iki arkadaşı bir akarsu kenarında oturmuş, peynir ekmek yiyerek piknik yapıyorlar. Rembrandt akarsuyun güzelliğinden, peynirin lezzetinden söz ediyor.

*

Rembrandt'ın herkesin bilmesi gereken bir şeyi bilmediğini anlıyorum.

*

Rembrandt cahil biri olduğu için saçma sapan şeylerden söz ediyor. Onu tanımayanlar söylediklerini ciddiye alıyor.

*

Bir ressam, ünlü bir ressamın yanında çırak olarak çalışıyor. Büyük çabalar harcayarak, ondan iyi şeyler öğreniyor. Acılarını paletiyle, resimleriyle, fırçasındaki renklerle paylaşıyor.

*

Rembrandt'ın çok yoksul olduğunu anladım... Bir akarsuyun başına oturduğunu, peynir ekmek yediğini, yoksulluk içinde geçen hayatını düşündüğünü...

*

Değirmenci Felemek çok acılar çekmiş ama yılmamış. Paris yollarına düşmüş. Geleceğini kurtarmak için Van Gogh'da çıraklık yapmaya başlamış.

*

Ünlü bir ressamın hayatından söz ediliyor. Bu ressamın çektiği acılardan, yaşadığı sefaletten, açlıktan... Önceleri çırak olarak çalışıyormuş. Yalnızca peynir ve suyla doyuruyormuş karnını.

*

Bu dizeler Âşık Veysel'i anımsattı bana. Her dizede farklı bir şey anlatılmış. Örnek vereyim: Rembrandt, peynir, akarsu, Felemenk, palet, Paris, Van Gogh... Her sözcük başlı başına bir şiir.

*

Felemenk, çok dertli bir insan... Acaba resimlerini yaparken neler düşünüyor? Peynirden ve akarsudan başka bir şeyin resmini yapmayan en iyi arkadaşı Rembrandt'ı mı? Van Gogh'da çırak olarak çalıştığı yılları mı? Yalın ayak Paris yollarına düştüğü günleri mi?

*

Ressamlar değerli insanlardır. Bazı ressamlar Rembrandt gibi peynir ve akarsu resimleri yaparlar. Dünyadaki nimetleri bizlere renklerle göstermeye çalışırlar.

*

Değirmenci Felemenk çok acılar çekmiş. Tanrıya el açmış, dua etmiş, gözyaşı dökmüş. Tek isteği Van Gogh gibi büyük bir ressam olmakmış ama bunu hiçbir zaman başaramamış, hep çırak olarak kalmış. Van Gogh gibi ressamların eline kimse su dökemez, herkes yanlarında çırak olarak kalırmış.

YAŞLI ÖĞRETMENİN ORTAOKUL ÖĞRENCİLERİNE SORDUĞU ON İKİNCİ SORU: TURGUT UYAR

Aşağıdaki dizeleri yorumlayınız...

GEYİKLİ GECE

Hâlbuki korkulacak hiçbir şey yoktu ortalıkta

Her şey naylondandı o kadar

Ve ölünce beş on bin birden ölüyorduk güneşe karşı.

Ama geyikli geceyi bulmadan önce

Hepimiz çocuklar gibi korkuyorduk.

Geyikli geceyi hep bilmelisiniz

Yeşil ve yabani uzak ormanlarda

Güneşin asfalt sonlarında batmasıyla ağırdan

Hepimizi vakitten kurtaracak

Bir yandan toprağı sürdük

Bir yandan kaybolduk

Gladyatörlerden ve dişlilerden

Ve büyük şehirlerden

Gizleyerek yahut dövüşerek

Geyikli geceyi kurtardık

Evet, kimsesizdik ama umudumuz vardı

Üç ev görsek bir şehir sanıyorduk

Üç güvercin görsek Meksika geliyordu aklımıza

Caddelerde gezmekten hoşlanıyorduk akşamları

Kadınların kocalarını aramasını seviyordu

Sonra şarap içiyorduk kırmızı yahut beyaz

Bilir bilmez geyikli gece yüzünden

"Geyikli gecenin arkası ağaç

Ayağının suya değdiği yerde bir gökyüzü

Çatal boynuzlarında soğuk ay ışığı"

İster istemez aşkları hatırlatır
Eskiden güzel kadınlar ve aşklar olmuş
Şimdi de var biliyorum
Bir seviniyorum düşündükçe bilseniz
Dağlarda geyikli gecelerin en güzeli
Hiçbir şey umurumda değil diyorum
Aşktan ve umuttan başka
Bir anda üç kadeh ve üç yeni şarkı
Belleğimde tüylü tüylü geyikli gece duruyor
Biliyorum gemiler götüremez
Neonlar ve teoriler ışıtamaz yanını yöresini
Örneğin Manastır'da oturur içerdeki iki kişi
Ya da yatakta sevişirdik bir kadın bir erkek
Öpüşmelerimiz gitgide ısınırdı
Koltukaltlarımız gitgide tatlı gelirdi
Geyikli gecenin karanlığında
Aldatıldığımız önemli değildi yoksa
Herkesin unuttuğunu biz hatırlamasak
Gümüş semaverleri ve eski şeyleri
Salt yatsımak için sevmiyorduk
Kötüydük de ondan mı diyeceksiniz
Ne iyiydik ne kötüydük
Durumumuz başta ve sonda ayrı ayrıysa
Başta ve sonda ayrı olduğumuzdandı
Ama ne varsa geyikli gecede idi
Bir bilseniz avuçlarımız terlerdi heyecandan
Bir bakıyorduk akşam oluyordu kaldırımlarda
Kesme avizelerde ve çıplak kadın omuzlarında
Büyük otellerin önünde garipsiyorduk
Çaresizliğimiz böylesine kolaydı işte
Hüznümüzü büyük şeylerden sanırsanız yanılırsınız
Örneğin üç bardak şarap içsek kurtulurduk

Yahut bir adam bıçaklasak
Yahut sokaklara tükürsek
Ama en iyisi çeker giderdik
Gider geyikli gecede uyurduk
"Geyiğin gözleri pırıl pırıl gecede
İmdat ateşleri gibi ürkek telaşlı
Sultan hançerleri gibi ay ışığında
Bir yanında üst üste üst üste kayalar
Öbür yanında ben"
Ama siz zavallısınız ben de zavallıyım
Eskimiş şeylerle avunamıyoruz
Domino taşları ve soğuk ikindiler
Çiçekli elbiseleriyle yabancı kalabalık
Gölgemiz tortop ayakucumuzda
Sevinsek de sonunu biliyoruz
Borçları kefilleri bonoları unutuyorum
İkramiyeler bensiz çekiliyor dünyada
Daha ilk oturumda suçsuz çıkıyorum
Oturup esmer bir kadının kendim için yıkıyorum
İyice kurulamıyorum saçlarını
Bir bardak şarabı kendim için içiyorum
"Hâlbuki geyikli gece ortamında
Keskin mavi ve hışırtılı
Geyikli geceye geçiyorum"
Uzanıp kendi yanaklarımdan öpüyorum.
(Turgut Uyar)
İlk Beş Dizenin Yorumu:
Şair, gecenin korkunçluğundan söz ediyor.

*

Şiirde anlatım bozukluğu var. İlk iki dizede bazı şeylerin gerçeklere benzediği anlatılıyor. Üçüncü dizede "ölünce tam ölüyorduk" demek isteniyor.

Bana göre bu şiire şiir demek biraz zor.

*

Bir insan korkacak bir şey yokken korkuyor. Kendi korkusunu kendisi yaratıyor.

*

Maskeli bir baloda korkunç şeyler oluyor. İnsanlar bir taraftan eğlenirken bir taraftan da korkuyorlar.

*

İnsanlar kendi yarattıkları korkulara yenik düşüyorlar. Onlarla mücadele edeceklerine sahte; yani naylon şeylere sığınıyorlar. Bu yüzden de beş on bin birden ölüyorlar.

*

İnsanlar cesur değil. Korkulmaması gereken şeylerden çocuk gibi korkuyorlar.

*

Bence bu şiirin tümünde Kurtuluş Savaşından söz ediliyor. Çünkü askerlerimiz hiç korkmadan cephelerde savaştılar, beş on bin birden öldüler.

*

Ruh sağlığımızı yitirmemiz durumunda korkmamamız gereken her şeyden korkabiliriz. Naylon silahlardan, arabalardan, bebeklerden bile... Bu yüzden ruh sağlığımızı korumalı, stresten uzak bir hayat yaşamalıyı

*

Bazı insanlar güneşe dayanamaz. Özellikle yaşlılar ve çocuklar. Havaların çok sıcak olduğu günlerde ölenler olur. Bir araştırma yapacak olsak, yaz aylarında tüm dünyada kim bilir kaç kişi güneşin altında hayatını kaybediyordur. Şair bu sayının beş on bin olduğunu söylüyor.

*

Çocuklar rüyalarında bazen geyikleri görür, mutlu olurlar.

*

Başlangıçta çok eğleniyorlardı. Hiçbir şeyden korkmuyorlardı. Güneşe karşı ilerliyorlardı. Savaş birdenbire patlak verdi, neye uğradıklarını şaşırdılar. Önce teker teker, sonra toplu olarak ölmeye başladılar. Sağ kalanlar çıldırdı. Geyikleri düşündüler; kana bulanmamış dağları, ırmakları vadileri...

*

Bir insan hayatı sevemediğini, mutsuz olduğunu anlatmak istiyor.

*

Bir adam rüyasında binlerce, on binlerce insanın ve geyiklerin yaşadığı vadide ilerlediğini görüyor. Hava çok sıcak... Beş on bin insan bu sıcağa daha fazla dayanamayarak ölüyor. Adam uyanınca kendi kendine: "Kâbus gördüm galiba," diyor.

*

Bu şiirde şair, bana göre, bir savaşı anlatıyor. Korkarak ölen beş on bin askerden söz ediyor. Herkes o kadar çok korkuyor ki, kimse savaşın gerçek olduğuna inanamıyor. Her şeyin yalan, naylon, rüya olduğunu sanıyorlar. Geyikli gece ise ölen askerlerin umutları anlamına geliyor.

*

Birinci mısra savaşa başlamadan önceki durumu anlatıyor. Şair, savaşı düşündükçe korkuyor. Her şeyin rüya olduğunu sanıyor. Üçüncü mısrada güneşin, hayatın güzelliğiyle savaşın, ölümün kötülüğü karşılaştırılıyor.

*

Şair bana göre geyik muhabbeti yapıyor. Hiçbir şey anlatmıyor yani...

*

Sebepsiz yere korkuyorduk. Hava çok sıcaktı. Her şey normaldi aslında. İnsanlar doğuyor, büyüyor, ölüyordu. Korkmamamız gereken bir gerçekti bu. Doğarken nasıl ki korkmamışsak, ölürken de korkmamalıydık. Sonra geyikli geceyle tanıştık; yani hayatın güzel yanlarıyla. Sonra korkmamaya başladık.

*

Korkulacak bir şey yokken bile korkmak... Bu bana o kadar çok şey çağrıştırıyor ki... Bazıları örümcekten korkar. Kelebekten bile korkanlar var. Sebepsiz yere beni en çok korkutan şeyse sınavlar. Her akşam düzenli olarak çalıştığım halde, ya başaramazsam diye hep korkarım.

*

Şair, insanlara değer verilmediğini, naylon gibi kullanılıp bir kenara atıldıklarını anlatıyor.

*

Korkacak bir şey yokken korkmamamız gerekir. Hayat kimse için her zaman kötü ya da her zaman iyi değildir. Kötü şeyler yaşarken bir gün iyi şeyler de yaşayacağımızı unutmamalıyız.

*

İnsanlar, güven duygusunu yitirdiklerini, yaşamaktan çok korktuklarını dile getirmişler.

*

Binlerce asker mayın tarlasından geçiyor. İçlerinden biri mayına basınca beş on bin kişi birden ölüyor.

*

İnsanlar korkularını kaçarak değil, onlarla yüzleşerek yenebilir.

*

Şair herkese şu mesajı veriyor: Korkmayın, korkulacak hiçbir şey yok.

*

Bu şiiri Kurtuluş Savaşını düşünerek yorumlamak istiyorum: Kurtuluş Savaşında önemli olanın korkmak değil, ölmek olduğunu anlamıştı Türk milleti. Ne bir Rus, ne bir Yunan askerinden korkulacaktı. Vatan için ölmek şehit olmak demekti. Şair: "Korkma, sönmez bu şafaklarda yüzen Alsancak," demek istiyor. "Sen şehit oğlusun, cesursun, karşındaki askerler korkak, sahte, naylondan..." Geyikli gece ise sanırım korkularımızı yendiğimiz geceyi anlatıyor.

*

Ben hiçbir şey anlamadım bu şiirden. En az yirmi kez okudum. Halada okumaya devam ediyorum ama yok, anlayamıyorum.

YAŞLI ÖĞRETMENİN ORTAOKUL ÖĞRENCİLERİNE SORDUĞU ON ÜÇÜNCÜ SORU: İSMET ÖZER

Aşağıdaki dizeleri yorumlayınız...

ESENLİK BİLDİRİSİ

Bir şehrin urgan satılan çarşıları kenevir
Kandil geceleri bir şehrin buhur kokmuyorsa
Yağmurdan sonra sokaklar ortadan kalkmıyorsa
O şehirden öcalmanın vakti gelmiş demektir
Duygular paketlenmiş, tecime elverişli
Gövdede gökyüzünü kışkırtan şiir sahtedir
Gazeteler tutuklamış dünya kelimesini
O dünyadan, o şiirden öcalmalı demektir
Ölüm gelir, ölüm duygusuna karşı saygısız
Ve zekâ babacan tavrıyla tiksinti verir
Söz yavan, kardeşlik şarkıları gayetle tıkız
Öcalınmazsa çocuklar bile birden büyüyebilir
Yargı kesin: Acı duymak ruhun fiyakasıdır
Kin, kusturur insanı; adına çıdam denir
Susulunca tutulan çetele simsiyahtır
O siyah öcalmakcasına gür ve bereketlidir
Vandal yürek! Görünki alkışlanasın
Ez bütün çiçekleri kendine canavar dedir
Haksızlık et, haksız olduğun anlaşılsın
Yaşamak bir sanrı değilse öcalınmak gerekir.
(İsmet Özer)

Dördüncü Dörtlüğün Yorumu:

İlk iki dizede herhangi bir nedenden dolayı acı duymanın ruhun eğlencesi, jesti olduğu anlatılıyor. Birine kin duyduğumuzda bu kin bizde intikam hissi yaratır. Şaire göre bu kine "cidam" denir. Cidam, sanırım duyduğumuz kinin bize zevk verdiğini de anlatan bir kelime.

*

Şair birine çok kızmış. Kızdığı kişiye bereketli bir öfke duyuyor. Ona; "Yamuk yapma bana, fiyakanı bozacağım senin," demek istiyor.

*

Eğer kötülük yaparsanız kesin kez yanılırsınız. Kimseye kin duymayın. Kin içinizi karartır. Şeytanın izinden gitmenize neden olur. O siyah, öyle gür ve bereketlidir ki sizi cinayet işlemeye kadar götürebilir.

*

Şaire göre acı duymak insan ruhunu eğitir. Acı, ruhu önemli hale getiren bir olgudur. Kin ise insana kötü şeyler yaşatır. Ayrıca şiirde hayattaki haksızlıklara seyirci kalmamamız gerektiği anlatılıyor. Kötülüklere karşı gelmezsek ilerde her şey daha da kötüye gidecektir.

*

Şair, bazen kinin, nefretin, öcalmanın da yapıcı olabileceğini anlatmak istiyor.

*

Şair, acının ruhu ortaya çıkardığını, kini yarattığını anlatıyor. Kin duymanın insanı kusturabileceğinden söz ediyor. Kini ve nefreti "cıdam" olarak yorumluyor.

*

Yargı kesin: Yargısız devlet olmaz. Yasama, yürütme, yargı... Bunlar demokrasinin olmasa olmazlarıdır.

Acı duymak ruhun fiyakasıdır: Acısız insan olmaz. Herkes acı çeker.

Kin kusturur insanı: Yani, kin çok kötü bir şeydir.

O siyah öcalmakcasına gür ve bereketlidir: Siyah kötülüğün sembolüdür.

*

Kin, öfke, nefret ne kadar kötü olsa da bazen bunlarla öğündüğümüz olur. Şair, bunlarla öğünmeyin, içinizdeki şeytana teslim olmayın demek istiyor.

*

Töre cinayetleri kötüdür. Biri kızınıza kötülük yaptığında ondan öcalmaya kalkmayın. Kin beslemek sizi karartır. Hakkınızı yasal yollarla arayın. Mahkemelere başvurun. Eşinizi, kızınızı, gelininizi öldürmeyin.

*

Acı duymak her zaman kötü değildir. Bazen ruhumuzu süsler, besler zevkle doldurur. Kin ise insanı kötülüklere sessizce götürür. Acı duymak her ne kadar kötü gibi görünse de ruhumuzu, kalbimizi sağlamlaştırır. Kin ise ruhumuzu karabasan gibi kaplar, bizi öcalmaya teşvik eder.

*

Acı duyan her ruh güzelleşir, bağışlanmayı ve saygı görmeyi hak eder.

*

İnsan kendi içindeki acıya karşı susar, bu suskunluk mücadeleden vazgeçmek anlamında yaşanırsa kişi öz güvenini yitirir. Özgüven kaybı, insanın yaşayabileceği en büyük acıların başında gelir.

*

Acı, ruh için gereklidir. Acı duymayı bilmeyen, sevincin ne olduğunu da bilmez. Kin bir süre sonra insanı kendinden nefret ettirir. Susmak hayatımızı karartır. İnsan ne kadar çok susarsa hayatı da o kadar çok kararacaktır.

*

Kin duymak insanı sinirlendirir. İnsanlardan nefret edenlere "kinci" denir. Şair, buradaki "cıdam" kelimesini sanırım "kinci" anlamında kullanıyor.

*

Acı duymak insanı üzer, kendinden nefret etmesine neden olur. Nefret öyle bir duygudur ki, insanı kendinden öcalmaya kadar götürür.

*

Acı duymak ruhun fiyakasıdır: Her zaman mutlu olmak insan için bazen iyi olmaz. Bu hep böyledir. Mutluluğu tattığımız gibi acıyı da tatmamız gerekir. Sevgiden daha çok ruhumuzun acıya ihtiyacı vardır.

Kin kusturur insanı, adına cidam denir: Kin duymak insan için iyi değildir. Kimseye kin beslememimiz gerekir.

Susulunca tutulan çetele simsiyahtır. O siyah öç almakçasına gür ve bereketlidir: Kinle dolu olan insan etrafına karanlık saçar.

*

İnsan acı duyduğu sürece kin tutar. Öfkeli insan sustuğunda sadece kötü şeyler düşünür. Bu kötü düşünceler, kişiyi birilerinden öcalmak gerektiği yönünde zorlar.

*

Bütün kötü duyguların adı "cidam"dır. İnsan, "cıdam"dan uzak durmalı, sevgiyle bütünleşmelidir.

*

Hepimiz acı duyarız ama kin ve nefretten uzak durmamız gerekir. Aksi takdirde kendi kendimizi mahvetmiş oluruz.

*

Şair, dünyada ne kötülük varsa yaşamış. Hayattan, insanlardan nefret eder hala gelmiş. Acı içinde kıvranırken oturup böyle bir şiir yazmış.

*

Acı duymak ruhun fiyakasıdır: Acı duymayan insanın yaşamı sıradan geçer.

Kin kusturur insanı: Kin o kadar kötü bir duygudur ki bazen kusturur insanı, deli eder.

O siyah öcalmakcasına gür ve bereketlidir: Öcünü yerde koymayan insanın çatısına bereket yağar.

*

Yargılamak, acı duymak ruhu nefretle doldurur. Kimseye kin duymamalı, ön yargıyla yaklaşmamalıyız. Böyle duygular bizi bozar, ruhumuzu karartır.

*

Sorunlarımızı susarak değil, konuşarak, birbirimize saygı duyarak çözebiliriz.

*

Bunun şiir olduğundan emin misiniz hocam? Vallahi ben bir şey anlamadım. Bugüne kadar okuduğum şiirlerin hiçbirine benzemiyor.

*

Acı çeken insanın gözü yalnızca siyahı görür. Bu siyah öyle çoktur ki, insanı kinle, öç alma duygusuyla doldurur.

*

Susan, sorunlarını konuşarak çözmeye yanaşmayan insanlar için tek bir çözüm yolu vardır: Öç almak.

*

İnsanlara ilgi göstermek, acımak, değer vermek ruhu değerli kılar. Bir başkasına kin duyarsak ne o mutlu olur ne de biz.

*

Bir adam hapishaneye düşer. Aslında suçu yoktur ama hâkim: "Suçlusun," der. Adam herkesten, her şeyden nefret etmeye başlar. Dışarı çıkacağı, öç alacağı günün hayali içinde ruh sağlığını yitirir. Belki de şair için bu hapishane hayatın kendisidir.

*

Yargı kesin: Acı duymak ruhun işidir. Kin, elbette kusturabilir de insanı. Kusan adama sorarlar: "Cidam, niye kustun?" "Cidam"ı yavrum anlamında kullanıyorum. Şair, ne anlamda kullanmış anlayamadım.

Adam: "Midem bulanıyor," der. "Ama neden?" diye sorarlar. Adam bir neden gösteremez. Sadece mutsuz olduğunu söyler.

YAŞLI ÖĞRETMENİN ORTAOKUL ÖĞRENCİLERİNE SORDUĞU ON DÖRDÜNCÜ SORU:

Aşağıdaki dizeleri yorumlayınız...
SOL ELİM
Sarhoş oldum da
Seni hatırladım yine;
Sol elim,
Acemi elim,
Zavallı elim!
(Orhan Veli Kanık)
Şiirin Yorumu:
Benim düşünceme göre adamın biri kaza geçirmiş. Bu adam sarhoş olduğunu söylüyor. Kaza anı geliyor aklına. Sol elinin koptuğu an... Olmayan kolu için üzülüyor.

*

Bence sol elini sarhoşken hatırlamasının nedeni, sol elini daha önce bir yere vurmuş olmasıdır.

*

Sarhoş insanın vücudu uyuşur, duyarsızlaşır. Bu yüzden ne dediğini bilmez. Şairin beyni alkolün etkisiyle uyuşmuş durumda. Bir tutturmuş; "Sarhoş oldum da yine seni hatırladım, zavallı elim, sol elim," deyip duruyor.

*

Adamın biri içmek istemediği halde içki içiyor ve sol eline kızıyor. Belki de içkiyi hep sol eliyle içtiği içindir.

*

Şair, bir kadını çok seviyor. Ne yapsa yine sevdiği kadını hatırlıyor.

*

"Zavallı elim..." bu mısra aslında zavallı olduğumuzu, bir gün öleceğimizi unutmamamız gerektiğini hatırlatıyor.

*

Bazı insanlar içince her şeyi unutabileceklerini sanıyorlar ama yanılıyorlar. İnsanlar ne kadar içerlerse o kadar çok hatırlarlar. Hatta bazen olmadık şeylere kafa yorarlar. "Şu çiçeğin adın ne?" diye sorarlar mesela. Biri lale der, biri papatya der, anlaşamaz kavga ederler. Bu şiirde de adamın biri sarhoş olmuş, kafasını sol eline takmış.

*

Adamın biri sol eline zarar vermiş. Başka bir gün sarhoş olmuş, üzülüyor. "Keşke o gün sana zarar vermeseydim, zavallı elim, sol elim," diyor.

*

Bazı babalar akşam olunca rakı içer. Benim babam da içiyor. İçki içen herkesin kötü olduğunu düşünmüyorum. Bu şiir bana babamı hatırlattı. İçki içse de içmese de ben babamı çok seviyorum.

*

İnsan sarhoş olunca abuk sabuk şeyler düşünmeye başlar.

*

Sol elimiz işe yaramıyor gibi görünse de aslında o kadar çok işe yarıyor ki. Şair soruyor: "Bir düşünün," diyor, "sol elimiz olmasaydı biz ne yapardık?"

*

Sol elimize gelişmesi için hiç fırsat tanımıyoruz. Hâlbuki o da sağ elimiz kadar önemli.

*

Adamın biri Almanya'da evini geçindirmek için para kazanmaya çalışırken sol elini makineye kaptırmış.

YAŞLI ÖĞRETMENİN ORTAOKUL ÖĞRENCİLERİNE SORDUĞU ON BEŞİNCİ SORU: FAZIL HÜSNÜ DAĞLARCA

Aşağıdaki dizeleri yorumlayınız...

KIŞ

Kış günleri

Az üşür

Büyük sayılar küçük sayılardan

Neden az üşür

Büyük sayılar küçük sayılardan

Daha kalabalıktırlar çünkü

(Fazıl Hüsnü Dağlarca)

İlk Üç Dizenin Yorumu:

İnsanların barınağa ihtiyacı vardır. Barınak sız insan yaşayamaz, ölür.

*

Küçük sayılar: Çocuklardır.

Büyük sayılar: Büyüklerdir.

Çocuklar kış günleri büyüklerden daha çok üşür. Çocukların az üşümesi için büyüklerin çocuklara yardım etmesi gerekir. Çünkü onlar çocuktur. Paraları yoktur, ısınmak için odun kömür alamazlar.

*

Büyük sayılar da küçük sayılar da aynı defterin ya da kitabın sayfaları arasında yer alırlar. Niye üşüsünler ki? Üşümek insana özgüdür, sayılara özgü değil.

*

Küçükler kendilerini koruyamazlar. Büyükler küçüklere yardım etmelidir. Bazı aileler çocuklarını çok üzüyor. Şair, böyle ailelere: "Siz büyüksünüz, güçlüsünüz, çocuklarınızı üzmeyin, onları soğukta bırakmayın," demek istiyor.

*

Evi olan, doğal gaz alabilen aileler az üşür. Kirada olan, doğal gaz alamayan ailelerse çok üşür.

*

Soğuk kış günlerinde yalnızca kutup yıldızlarıyla, kutup ayıları üşümez. İnsanlar çok üşür.

*

Bence yaşlılar bizlerden daha çok üşür. Nedeni, bizler kıpır kıpırız ama onlar gittikçe yaşlandıkları için bizler kadar hareket edemezler, bu nedenle çok üşürler. Soğukta hareket halinde olursak üşümeyiz. Yaşlandıkça hareketlerimiz azalır, bu yüzden daha çok üşürüz. Yaşlıların çok üşümesinin nedeni, hücre sayılarındaki azalmadır.

*

Aslında kış günleri herkes çok üşür. Biz çocuklar bayramlarda büyüklerimizi ziyarete gideriz. Onlar dışarı çıkmaz, bizlerin gelmesini bekler. Bu durumda üşüyen onlar değil, bizler oluruz.

*

Büyükler, büyük oldukları için sevgililerine çabuk kavuşur. Bu yüzden yürekleri az üşür. Biz çocuklar, çocuk olduğumuz için sevgililerimize kavuşamayız.

*

1.2.3.4... 1000, 1001, 1002... 10.000.000 ve devamı... Bu güne kadar kim görmüş bunların üşüdüğünü. Sayılar üşümez, yalnızca toplanır, çıkarılır, çarpılır, bölünür. Soğuk havalarda yalnızca yoksul insanlar üşür, sayılar değil.

*

Büyük sayılar: Bana göre bu Sakıp Sabancı.
Küçük sayılar: İşçiler, memurlar, dar gelirliler.
Sakıp Sabancı kışın geldiğinin bile farkında olmaz. Ama işçiler, memurlar... Daha kötü durumda olan işsizler... Kış gelince düşünür: "Odun, kömür fiyatları çok yüksek..." Doğal gazla ısınmayı düşünemezler bile. Çünkü çoğu gecekonduda oturur.

*

Kış günleri üşümemek için hepimiz kalın giysiler giymeliyiz.

*

Bir adam sevgilisini bekliyor. O gelmediği için kendisini küçük görüyor. Dışarıda kar yağıyor. Pencereden dışarı bakıyor. "Sevgilim burada olsaydı bu kadar üşümezdim, onunla dışarı çıkar, kartopu bile oynardım," diyor.

*

Büyük sayılar ne kadar büyük olsa da sonuçta onlar da sayıdır. Büyük insanlar ne kadar büyük olsa da sonuçta onlar da insandır. Şair: "Ne kadar büyüğüz, diye öğünmeyin, sizden büyük Allah var," demek istiyor.

*

İşsiz güçsüz bir adam lapa lapa yağan karın altında düşünüyor. "Zengin olsaydım benimde bir evim olurdu, bu kadar üşümezdim," diyor.

*

Ben bu şiirden bir şey anlamadım. Benim yazdığım şiirlere benzemiyor.

*

Kış günleri ya da normal hayatta küçükler korunmaya muhtaçtır. Her zaman eziktirler. Evleri sıcak değilse üşürler. Ama büyükler kendilerini korur, yetenekli ve güçlüdürler çünkü.

*

Büyük sayılar büyük olduğu için kışın ne olduğunu öğrenmiştir. Küçük sayılar her şeyi onlar kadar bilemezler. Bu yüzden de çok üşürler. Hava soğuksa kalın giyinmeleri gerekir, yoksa hasta olurlar ama onlar bunu bilemezler.

*

Bir adamın yüreği çok üşüyor. Çünkü sevgilisi onu terk etmiş. Bu yüzden kendini küçük görüyor.

YAŞLI ÖĞRETMENİN ORTAOKUL ÖĞRENCİLERİNE SORDUĞU ON ALTINCI SORU: MELİH CEVDET ANDAY

Aşağıdaki dizeleri yorumlayınız...

KAPI

Ağacın yanından geçiyorum
Ağaç yerli yerinde
Dönüp bakıversem birden bire?
Soğuk taşlara bakıyorum
Bütün ısınıyor tenim
Bu yangın bu kıyamet ne?
Güneşi yanıma alıyorum
Açıyorum önüme denizi
Ağaç taş güneş deniz
Aç biilaç hepsi
Ben de sizdenim ben de
Yerli yerindeyim ben de ağaç gibi
Taş gibi soğuk
Güneş gibi sıcak
Rahat mı rahat deniz gibi.
Bir gün dedim ki kendi kendime
Gözlerim de varmış demek
Ellerim ayaklarım gibi.
Bunu aklımla buldum.
Önce ellerim ayaklarım akıllandı
Sonra ellendi ayaklandı aklım
Artık iş bölümü hak getire.
Ben yıktım bu kapıyı ben
Deliler gibi hayvanlar gibi

Karşıma çıktı ansızın
O mutlu güvenli doğal
O yalansız duru ilk
Yitik evren.
(Melih Cevdet Anday)
Şirin yorumu:
"Bir Gün Dedim Ki..." Cümlesiyle Başlayan Bölümün Yorumu
Düşünürsek hem biz akıllanırız hem de vücudumuzdaki organlar. Biz akıllanmazsak onlar da akıllanmaz, beynimiz çalışmaz. Ne kadar çok düşünürsek aklımız, ellerimiz o kadar çok ayaklanır. Aklımızı kullanmazsak tıpkı, kolsuz, bacak insanlar gibi çalışamaz hale geliriz. Her şeyi aklımızla kavrar, neyin var olup olmadığını onunla anlarız. "İşleyen demir pas tutmaz," sözünde olduğu gibi düşünmek aklımızı parlatır; aydınlatır. Aksi takdir de akıl da paslanır, kullanılmaz hale gelir.

*

Şair körmüş, hep düşüncelere dalıyormuş. Düşüne düşüne sonunda doğru olanı bulmuş. Aslında kör değilmiş, kör olduğunu sanıyormuş. Ellerini, ayaklarını herkes gibi iyi kullanamıyormuş. Şair, düşünce yoluyla kendine olan güvenini yeniden kazanmış.

*

İnsan gözlerinin, ellerinin, ayaklarının olduğunu fark etmez mi? Şair, ne demek istiyor anlamadım.

*

Bebekken birçok şeyi bilemeyiz. Ellerimiz, ayaklarımız, gözlerimiz olduğunu biraz büyüdükten sonra anlarız.

*

Bazen hata yapıyoruz, aklımız başımıza sonradan geliyor. Şair, bunu anlatmak istemiş. Gözlerinizi, ellerinizi, ayaklarınızı, hepsinden önemlisi de aklınızı zamanında ve doğru kullanın demek istiyor.

*

Akıl çok yararlı bir şeydir. Onu her yerde kullanabiliriz. Akıl olmasaydı, diğer canlılardan farkımız kalmazdı. Duygularımızı, düşüncelerimizi ifade edemezdik.

*

Hiperaktif biri aklının başka yönlere gidip karıştığından söz ediyor. Bütün organlarının doğru çalışmasını istiyor. Artık ben de herkes gibi olmak istiyorum diyor.

*

Bir adam çok kitap okuyup bilgilenmiş, her şeyi daha doğru görmeye başlamış.

*

Adamın biri bunalıma girmiş sayıklıyor, ne dediğini bilmiyor.

*

İşsiz biri iş bulmuş. Kendine güveni gelmiş, her şeyi daha iyi görmeye başlamış.

*

Basit gibi görünen bazı şeyler çok karmaşıktır. Örneğin ellerimiz, ayaklarımız, aklımız... Hepimiz oturup düşünmeliyiz, gözlerimiz, ellerimiz, ayaklarımız, aklımız ne işe yarıyor diye. Onları doğru kullanabilmek için düşünce gücümüzü geliştirmek zorundayız.

*

Kendi kendimize bulmak zorunda olduğumuz birçok şey vardır hayatta. Kendi ayaklarımız üzerinde durabilmemiz aklımızı kullanmamıza bağlıdır. Fark edilmesi gereken şeyleri zamanında fark etmeliyiz. Çok çalışmalı, hakkımız olanı almalıyız. Hakkımızı vermemeleri durumunda mücadele etmeliyiz.

*

Şair, kendi kendine düşünüyor. Kendini bulduğunu anlatmak istiyor. Kendini bulan insanın daha başarılı olacağını söylüyor.

*

Bir adam düşünüyor: "Elim ayağım olduğuna göre çalışmalıyım, çalışmazsam olmaz," diyor. Sağlıklı her insan için çalışmayı hak olarak görüyor.

*

Bir gün ben de dedim ki kendime: "Acaba neyim var?" Gözlerim olduğu için her şeyi görebiliyorum. Ellerimle iş yapıyorum, ayaklarımla yürüyorum. Bütün bunları beynimle yapıyorum. Beynim, yürümemi istemese yürüyemem ki... Her şeyi aklımla anlıyor, aklımla buluyorum. "O halde," diyor şair, "aklınızı kullanın, akılsızca işler yapmayın."

*

Bu şiiri yazan sanırım biraz akılsız biri. Çünkü her dizesi mantıksız... Şiir mantıklı olmalı, okuyanın içini rahatlatmalı. "Bir gün dedim ki kendime gözlerim de varmış..." Ne bu? Herkesin gözü, eli, ayağı olur.

Şiir dediğin romantik olmalı, okuyanı hem düşündürmeli, hem ağlatmalı.

*

Gaflet uykusunda olan bir adam birden uyanıyor. O güne kadar yaptığı hataları düşünüyor. "Hâlbuki aklım vardı benim, bütün bunları nasıl yaptım," diyor. Bir daha akılsızca bir iş yapmamaya karar veriyor.

*

Her insan iyi bir göze, ele, ayağa, kısaca vücuda sahip değildir. Sağlıklı bir beden Tanrının bize armağan ettiği değerli bir hazinedir, büyük bir nimettir. Bu nimeti önce kendimiz, sonra da başkaları için iyi değerlendirmeliyiz. Tanrıya dua etmeliyiz. Bize verdiği akıl için, el için, ayak için...

*

Adamın biri daha önce deli gibi yaşıyormuş. Bir eli, bir ayağı, bir gözü, bir aklı olduğunu bile fark etmiyormuş. Daha sonra düşünmek onu yola getirmiş. Tembellikten vazgeçip çalışmaya başlamış. Kendine, ailesini, topluma yararlı biri olmuş.

*

Bilim adamlarının bulduğu şeyler bazen o kadar basittir ki... Ama bunu herkes göremez. Hâlbuki o şey, elimiz, ayağımız, gözümüz gibi bize yakındır. Bunu ancak aklımızı kullanarak fark edebiliriz. Şair, aklımızı kullanmamız durumunda, imkânsız gibi görünen hiçbir şeyin imkânsız olmadığını anlatmaya çalışmış ama çok iyi anlatamamış.

*

Şair, Sakıp Sabancı gibi düşünüyor: "Başarmak mı istiyorsun? Çalış, çalış çalış... Gözün var, elin var, ayağın var, hepsinden önemlisi ise aklın... Ne duruyorsun o zaman. Seni senden başka kimse kurtaramaz! Haydi, iş başına!"

YAŞLI ÖĞRETMENİN ORTAOKUL ÖĞRENCİLERİNE SORDUĞU ON YEDİNCİ SORU: CAN YÜCEL

Aşağıdaki dizeleri yorumlayınız...
ANI
Ne zaman Mühürdar'a gitsem Çin'den
Bi güzel susmak geliyor içimden
Bir kız sevmiştim gıllıgıçlı
Yuvamı yapan bir kırlangıçtı
Aklımı kaçırıp kaçırıp kaçtı
Üç güzelden ikincisiydi cadı
Ne çektim bilir Hadi' yle Sadi
Karnımdaki geçmiş çocukmuş tepti
İşe bak, köşeyi dönerken şimdi
Karşıma çıkar diye kalbim hop etti
Ne zaman kendime gelsem Çin'den
Bir güzel susmak geliyor içimden
(Can Yücel)
İlk Beş Dizenin Yorumu:
Bu şiir bence ilginç, aynı zamanda komik, terbiyesiz...

*

Yuvayı dişi kuş yapar. Bu şiir bana sevmenin ve yuva kurmanın ne kadar önemli olduğunu anlatıyor.

*

Şair, konuşmak kadar susmanın da ne kadar önemli olduğundan söz ediyor. "Susmak, bazen konuşmaktan daha etkilidir," demek istiyor.

*

"Gülme, ne düşünüyor, ne duyuyor, ne hissediyorsan onu yaz," diyorsunuz ama öğretmenim, "gıllıgıçlı" kelimesi aklıma garip, komik, ayıp şeyler getiriyor. Şair, sevdiği kadının kıçının ne kadar kıllı olduğundan söz ediyor sanki.

*

Bir adam Çin'den Mühürdar'a geliyor, sevdiği kadını bekliyor ama o gelmiyor. Çok üzüldüğü için kimseyle konuşmak istemiyor, hep susuyor. Sevdiği kadına öfke duyuyor. "Sözde yuvamı yapacaktı ama yapmadı zalim," diyor. O öfkeyle ekliyor: "Zaten kıçı kıllının tekiydi, bırakıp gitti beni."

*

Bu şiir o kadar güzel yazılmış ki... Beni güldüren bir durum yok. Ama gördüğünüz gibi sınıfta herkes gülüyor. Nedeni şiirdeki "gıllıgıçlı" kelimesi. Bunu herkes "kıllı kıç" olarak anlıyor. Bence gıllıgıç bir yer adı. Şairin sözünü ettiği kız Gıllıkıç denilen bir yerde doğup büyümüş.

Can Yücel adlı şairi daha önce de duymuştum. Diğer şiirleri de çok güzel. Okumayanlara okumalarını tavsiye ediyorum.

Şair bu şiiri özenle yazmış. Ben de bu şiire benzer bir şiir yazmıştım. O da çok güzel olmuştu. Bütün yakınlarım okumuş ve çok beğenmişti. Muhteşemdi. Beşinci sınıfta okuyordum. Can Yücel'in bu şiiri de muhteşem olmuş. "Gıllıgıçlı" kelimesi biraz kafaları karıştırsa da önemli değil.

*

Şiirde neyin anlatılmak istendiği çok açık değil. "Gıllıgıçlı" kelimesi çok komik, güldürücü. Sözünü ettiğiniz şair komik biri olsa gerek.

İnsanları güldürürken düşündüren birine benziyor. Ben olsam böyle bir şiir yazmaya utanırdım. İnsan hiç sevgilisine; "kıllı gıçlıydı," der mi?

*

Bazen değişik bir cümle duyduğumuzda, "ne diyor bu adam," diye durup düşünürüz. Örneğin: "Ne zaman Mühürdar'a gelsem Çin'den" cümlesi... Doğru bir cümle ama yanlış gibi görünüyor. Mühürdar nere Çin nere... Sanki bu adam Çin'le Mühürdar arasında mekik dokuyor. Diğer bir cümle: "Bir kız sevdim gıllıgıçlı." Kime söyleseniz bunu gülmemek için kendini zor tutar. Şair acı mı çekiyor, birileriyle dalgamı geçiyor belli değil.

*

Şiir yazmak ve okumak yalnızca insanlara özgüdür. Ne kadar çok şiir okursak o kadar iyi insanlar olacağımız kanısındayım. Bu şiir o kadar komik ki, gülmek istemesem de buna engel olamıyorum. Aslında duyduğum, okuduğum şiirlerin çoğu beni duygulandırır. Bu şiirse güldürüyor.

*

Ben şiir okuduğumda rahatlar, kendimi dinlenmiş hissederim. Arada sırada okula şiir kitapları getirip okuyorum. Bazı şiirleri ezberlemeye çalışıyorum. Bu şiir hem komik hem karmaşık...

*

Kendi kendime bazen şiir uydururum. İyi yazdığımı düşününce kendimi şair gibi hissederim. Bu şiirde geçen "gıllıgıçlı" kelimesi beni hiç güldürmüyor. Arkadaşlarım adına üzülüyorum. Çünkü düşünmüyorlar, düşünmeyen insanlar şairlerin ne demek istediklerini anlayamazlar.

*

Böyle bir şey mümkün değil, yani kimse sevgilisi için; "kıllı kıçlı" demez. Bana göre şair başka bir şey demek istiyor. Ya da sırf kafiye olsun diye "gıllıgıçlı" kelimesiyle "kırlangıçtı" kelimesinin alt alta getiriyor. Düşündüğüm anlamda olsaydı şair asla böyle bir kelimeyi şiire sokmazdı. Çünkü böyle bir kelime hem ayıp, hem de şiirsel değil. İyi bir şair öldükten sonra da anılmak ister. Bunu düşünen hiçbir şair böyle bir kelimeyi şiirine almaz. Alırsa saçma olur, şiiri şiir olmaktan çıkar.

Bu şiir yine de hem komik, hem eğlendirici.

*

Sevgilisi tarafından anlaşılmayan bir adam aşk acısı içinde kıvranıyor. Sevgilisiyle arasında büyük uzaklıklar olduğunu düşünüyor.

*

Şair, güzel bir kız sevmiş ama kızın gönlü onda değilmiş. Zengin koca arıyormuş. Şaire: "Sen fakirsin, beni hak etmiyorsun," demiş.

*

Bir adam, bir kadına deli gibi âşık olmuş. Ama kadın bu aşkı hak etmiyormuş.

*

Şair Çin'de yaşıyormuş. Mühürdar'da bir kız sevmiş. Sık sık özlem ateşiyle yandığı için işini gücünü bırakıp sevgilisini görmeye gidiyormuş ama sevgilisinin gönlü başkasındaymış. Kızın kırlangıç olması sık sık sevgili değiştirdiği anlamına geliyor.

*

Ne zaman Mühürdar'a gelsem Çin'den: Bir adam sık sık Çin'den Mühürdar'a gidiyor.

Bir güzel susmak geliyor içimden: Adam sevgilisini başkalarıyla görüyor ve çok üzülüyor. Kimseyle konuşmak istemiyor.

Bir kız sevdim gıllıgıçlı: Sevdiğim bu kız o kadar da güzel değildi.

Yuvamı yapan bir kırlangıçtı: Güzel değildi ama ona âşıktım. Evlenecek, birlikte yuva kuracaktık.

Aklımı kaçırıp kaçırıp kaçtı: Hem bana yüz verdi hem başkalarına. Bu yüzden çok üzgünüm demek istiyor şair.

*

Bazen susmak konuşmaktan daha iyidir. Gönlünü her gördüğün kıza kaptırmamalısın. Bazı kızlar sevginin, aşkın anlamını bilmez. Sevgiye değil, daha çok paraya önem verirler. Fakir sevgililerini bırakıp kırlangıç gibi uçup giderler.

*

Hala, "gıllıgıçlı" kelimesi üzerine düşünüp gülüyorum. Kocaman, kıllı bir kalça geliyor aklıma. Kim olsa güler buna. "Aklımı kaçırıp kaçırıp kaçtı" cümlesinden ise, şairin aşk yüzünden aklını kaçırmak üzere olduğunu anlıyorum.

*

Sevgilisi kırlangıç olanların vay haline. Sevgi, aşk; sadakat ister. Kırlangıç olan sevgililerse sadakat nedir bilmez. O daldan o dala; o aşktan o aşka göç edip dururlar.

*

Güzel kızların aşkına inanmayın. Onların peşinden koşan çoktur. Ne kadar severseniz sevin, bir gün sizi bırakıp gidebilirler.

*

Bir adam: "Bir kız beni yaktı, tutuşturdu, kendine âşık etti," diyor. Kız daha sonra adama hiç yüz vermemiş. Adam hep beklemiş, ama kız dönmemiş.

*

Bir kız bir adamın aklını alıyormuş. Yani, onu çok şaşırtıyormuş. Hovarda bir kızmış. Çirkin şaire yüz vermiyormuş. Şair de bu yüzden onu küçük düşürmek istiyor. "Sen kendine bak kahpe," diyor ona. "Kendini bilmez kıçı killı seni!" Bunu öyle belli etmeden yapıyor ki... "Kıçı killı" demiyor da "gıllıgıçlı" diyor.

YAŞLI ÖĞRETMENİ ORTAOKUL ÖĞRENCİLERİNE SORDUĞU ON SEKİZİNCİ SORU: ŞÜKRÜ ERBAŞ

Aşağıdaki dizeleri yorumlayınız...

KONUŞ ÇOCUĞUM

Yüzünü ufkuma tut çocuğum

Ben buradan gideceğim

Yüreğim kaldırmıyor artık bu yükü

Evler ağırlığımı taşımıyor

Yılların ağında toplayıp düşlerimi

Ömrümü bir su gibi yollara dökeceğim

Kimseler anlamak istemeyecek biliyorum

Bunalmış bulutların bu sırasız sağanağını

Bir sen varsın güvenebileceğim

Bilen anlayan bağışlayan

Gökyüzü kadar engin

Elini anlıma koy çocuğum.

(Şükrü Erbaş)

Şiirin Yorumu:

Beşinci Dizeden Sekizinci Dizeye Kadar Olan Kısmın Yorumu:

Şair, yaşadığı hayatın ne kadar kötü olduğunu anlatıyor. "Buna rağmen hayat su gibi akıp geçiyor," diyor. Yaşadığı kötü olaylar geliyor aklına. "Kimse beni dinlemiyor, beni anlamıyor, bana inanmıyor," diyor. Yaşadığı yalnızlığı düşündükçe bunalıyor. Bunaldıkça yağmur olup yağıyor.

*

Bunalmış bir adam bütün düşüncelerini cümlelere dökmek istiyor. Anlatacaklarını kimsenin beğenmeyeceğini düşünüyor.

*

Yılların ağında toplayıp düşüncelerimi: Kimsem, neysem, ne yaşamışsam bir bir anlatacağım.

Ömrümü bir su gibi yollara dökeceğim: Gizlim saklım kalmayacak...

Kimse anlamak istemeyecek biliyorum: Ben ne kadar kendimden söz edersem edeyim insanlar beni anlamayacak.

Bunalmış bulutların bu sırasız sağınağını: Çünkü onlar benim gibi düşünmüyor, benim gibi yaşamıyor, benim gibi hissetmiyorlar.

*

Kimseyi kendinize inandırmaya çalışmayın. Herkes kendi hayatını ve kendi yalnızlığını yaşar.

*

Hayatım bir film şeridi gibi akıyor gözlerimin önünden. Ömrümce mutlu olmak istedim ama olmadı. Bulut oldum, yağmur oldum yağdım. Yani hep ağladım.

*

Bir adam konuşmak istiyor ama konuşursam yakınlarım, ailem beni anlamayacak diye üzülüyor.

*

Şair, hayata güvenmiyor, güvenemiyor. Sığınaksız kaldığını anlatmak istiyor.

*

Bence bu şiiri yazan adam çok âşık olmuş ama evli olduğu için aşklarını yaşayamamış.

*

Hayat yalnızlık üzerine kuruludur. Hayat su gibi hızla akıp geçer. Başkalarının sizi anlayacağını sanırsınız ama sizi sizden başka kimse anlamaz.

*

Hayat sonsuzluğa akan bir sudur. Bizler bu suda kibrit çöpü gibi tek başımıza sürüklenir dururuz.

*

Bu şiiri yazan şairi çok iyi anlıyorum. Ben de kendimi onun kadar yalnız ve çaresiz hissediyorum.

*

Bir adam yaşlanmış. Yıllar su gibi akıp geçmiş. Yaşlı adam dönüp soruyor kendine:
    "Bugüne kadar boşuna yaşadın, kimse anladı mı seni?"
    Şair: "Hayat işte budur," demek istiyor.

*

Ben bu şiirden yalnızca bir adamın hayatının ziyan olduğunu anladım. Şair: "Hayatınızı ziyan etmeyin, iyi yaşayın," demek istiyor.

*

Mutsuz bir adam ömrünü suya benzetiyor. Hâlbuki su berekettir. Şair: "Ben de bereketliydim," demek istiyor. "Ama kimse bereketli olduğumu göremedi. Zayıf yanlarımla ilgilendiler. Siz siz olun insanlara güvenmeyin."

*

Bütün insanlar yalnızdır; kimse kimseyi anlayamaz.

*

Ben bu şiirden beni kimsenin anlayamayacağını anlıyorum.

*

Bu şiir bana babamı hatırlattı. Babamın da böyle düşünmesini istemiyorum.

YAŞLI ÖĞRETMENİ ORTAOKUL ÖĞRENCİLERİNE SORDUĞU ON DOKUZUNCU SORU: OKTAY RIFAT

Aşağıdaki dizeleri yorumlayınız...

ARACI

Bağlı kollarımı çözmek kimin aklına gelir

Kelepçeli o zamanlar

Bir kız kaşıkla su içirir

Başımı çevirince-yeter demekti bu-

Kaybolurdu

Büyük ağaçların gölgesiyle

Geldiği çok oldu

Arada bir geceleri yarı çıplak

Ve daha çok

Saçları uzadıkça

Denize inerdik

Ben yüzerdim o girmez

Rıhtımdan suya bakardı

Denizden çıkardım

Yok

Şaşırmazdım

Ben onun doğumunu bilirdim

Doğmadan öncesini

Yokluğunu.

(Oktay Rıfat)

İlk Dizelerin Yorumu:

Bağlı kollarımı çözmek kimin aklına gelir: Duygu ve düşüncelerimizi her zaman kolay ifade edemeyiz.

Kelepçeli o zamanlar: Kendi kendimizin zindanı olduğumuz zamanlar olur.

Bir kız kaşıkla su içirir: Ne zaman yalnız kalsak aklımıza sevdiklerimiz gelir.

Başını çevirince -yeter demekti bu- Kaybolurdu: Kimse kimseye yardım edemez.

Benim bu şiirden anladığım; her zaman yalnız olduğumuz ve yalnız olacağımız.

*

Aslında hayatta hepimizin kolu kelepçelidir. Buna rağmen insanlar böyle bir şey yokmuş gibi yaşamaya çalışır.

*

Şair, hapiste. Bir kız ona su içiriyor. Bu onu öyle mutlu ediyor ki, ellerinin kelepçeli olduğunu, mutsuz ve yalnız olduğunu bile unutuyor.

*

Birinci dize: Kimse ona el uzatmamış, hayata yeniden bağlanmasına yardım etmemiş.

İkinci dize: Üstelik kolları da bağlıymış, yani çok çaresizmiş.

Üçüncü dize: Bir kız severmiş, içindeki tek umut oymuş.

Dördüncü dize: Sevgilisi ve umudu çok belirgin değilmiş, varla yok arası bir şeymiş.

Beşinci dize: Her şey bir hayalmiş; sevgilisi, umutları her şey hayalmiş.

*

Bir adam yalnızlığını anlatıyor.

*

Kollarınız bağlı olduğunda, yani düştüğünüzde kimse sizi görmez. Hayat yine de devam eder.

*

Sevgilisi hapiste olan bir kadın kaşıkla bebeğine su içiriyor.

*

Adam, hapishanede olduğu günlerini hatırlıyor ve çok üzülüyor.

*

Olmayan bir sevgili, hapishanedeki adama su içiriyor. Adam, gerçek bir sevgilisi olmadığına üzülüyor.

*

Bir asker savaşta esir düşmüş. Ellerine kelepçe bağlamışlar. Günlerce susuz kalmış. Haline acıyan bir kadın ona su vermek istemiş. Düşman askerleri kadını dövmüş. Kadına bağırmışlar: "Yeter, defol buradan!" demişler. Kadın hemen oradan toz olmuş.

*

Adamın biri savaşta esir düşmüş. Kollarını kelepçeyle bağlamışlar. Adamı esir alanlar daha sonra bir esirleri olduğunu unutmuşlar. Adam susuz kalmış. Bir kadının geldiğini kendisine su verdiğini hayal etmeye başlamış.

*

Hayatta bazı insanların kolları bağlıdır. Bunu birileri yapar ve unutur. Siz yalvarırsınız: "Görmüyor musunuz, kollarım bağlı," dersiniz ama kimse sizi duymaz. Bu durumda susadığınızda bir su vereniniz bile olmayacaktır.

*

Bir adam sevgilisinin olmadığını, olmayan bir sevgili hayal ettiğini anlatmak istiyor.

*

Adam suç işlemiş. Polisler kelepçe takmış koluna. Pişman olup hapisten çıkınca bir daha suç işlememeye karar vermiş.

YAŞLI ÖĞRETMENİN ORTAOKUL ÖĞRENCİLERİNE SORDUĞU YİRMİNCİ SORU: ATİLLA İLHAN

Aşağıdaki dizeleri yorumlayınız:

GECENİN KAPILARI

Bütün kapılar kapandı dışardayım

Birden karşıma çıkmayın korkuyorum

Uykusuzum fena halde sokaktayım

Karanlık bastımı bozuluyorum

Fena bir yerimden koptuğum doğru

Kendimden çok fazla yaşamaktayım

Nereye bağlanacak bu işin sonu

Aslında ben kimim meraktayım

Bütün kapılar kapandı sokaktayım

(Atilla İlhan)

İlk Beş Dizenin Yorumu:

Bütün kapılar kapındı, dışardayım cümlesiyle şair, kimse tarafından istenmediğini, dışlandığını anlatıyor. Birden karşıma çıkmayın, korkuyorum derken, ürkek bir kişiliğe sahip olduğunu, her şeyden korktuğunu, yalnız olduğunu söylemek istiyor. Fena halde sokaktayım; yani, her şeyden mahrumum, ihtiyaçlarımı karşılayamıyorum demek istiyor. Karanlık bastımı bozuluyorum: Akşam olunca sokaklarda yapayalnız kalıyor. Kendini çaresiz, kimsesiz hissediyor. Karanlık şaire acı ve nefret getiriyor. En önemlisi, karanlık bastığında sevgilerin, umutların sona erdiğini, karanlıkla birlikte kötülüğün, pisliğin meydana çıktığını anlatmak istiyor.

*

Şair, dışlanmış bir insanın duygularından söz ediyor.

*

Yoğun bir yalnızlıktan söz ediliyor. Yalnızlığa alışmış biri birden karşısına biri çıkınca çok korkuyor.

*

Bu şiirde bir adam çok yalnız olduğunu, sokaklarda tek başına dolaştığını, geceleri bile gidecek bir yerinin olmadığını, ne yapacağını bilemediğini, yorgun ve uykusuz olduğunu anlatıyor.

*

Şair, insanlardan uzak durduğunu, onlardan korktuğunu anlatıyor. İnsanlara: "Sizler hiçbir zaman benim yalnızlığıma çare olamayacaksınız," diyor.

*

Bir adam çok hırpalanmış, bu da onu korkak ve ürkek yapmış. Üstelik bu kişi yoksulmuş, yalnızmış, kimi kimsesi yokmuş. Geceleri bile sokaklarda yatıp kalkmak zorundaymış.

*

Büyük kentlerin birinde gidecek hiçbir yeri olmayan yaşlı bir adamdan söz ediliyor. Bu adamı çocukları bile anlamamış. Gelini oğluna: "Baban ne zaman gidecek?" diye sormuş, adam bunu duyunca, kimseye haber vermeden çıkıp gitmiş evden. Şimdi bu adamın sokakta kaldığını, insanlara artık güvenmediğini, onlardan korktuğunu, gidecek hiçbir yerinin olmadığını anlıyoruz.

*

Bazen hepimiz kendimizi yapayalnız hissederiz. İnsanlar bize güven vermez. Dışarıda olmasak bile kendimizi dışarıda kalmış gibi hissederiz. Ama bu durum geçicidir. İnsan her zaman böyle hissetmez.

*

Bütün kapıları yüzüme kapadılar. Dostların kapısı bile artık açılmıyor. Ne yapmıştım ben onlara? Neden beni yalnız bıraktılar. O kadar alıştım ki yalnız kalmaya. Biri; "Artık yalnız değilsin," dediğinde korkuyorum. Merhaba, dediğim herkes bir gün bırakıp gidiyor beni.

*

Yapayalnız bir inşaat işçisi gecenin bir yarısı sokakta kalmış. Nereye gideceğini bilemiyormuş. Parası olsa otele gidebilirdi ama cebinde bir kuruş yokmuş. Kirliymiş, yorgunmuş, uykusuzmuş, hastaymış. Artık hayata inanmıyormuş.

*

Herkes bana küstü. Ne yapacağım ben şimdi? Kimin yanına, nereye gitsem istenmiyorum. İnsanlar, arkadaşlarım, dostlarım, yakınlarım beni sevmiyor artık.

*

Şair, hayatta büyük üzüntüler olduğundan söz ediyor. Bunlardan biri: "Aşktır," diyor. Sevgilisi terk edince dünyanın bütün kapılarının yüzüne kapandığını düşünüyor. Kendini, öksüz, yalnız, kimsesiz hissediyor.

*

Karanlık, bir adamın aklına çok kötü şeyler getiriyor. Her kötülüğün karanlıktan geldiğini, karanlığın olmadığı bir dünya özlemi içinde olduğunu düşünüyor.

*

Hayatta ne istediysem olmadı. İstediğim kadar dondurma, çikolata yiyemedim. Babamın bana eski bir bisiklet alacak kadar bile parası olmadı. Annem hasta bir kadındı. Yıllar geçti, büyüdüm ama mutlu değilim. Hala dünyanın bütün kapıları bana kapalı. Bu günlerde bir sevgilim olsun istiyorum o da olmuyor. İşsizim, sokaklardayım, gidecek yerim yok. Parasızım. Böyle birini kim sever, kim ister.

*

Adamın biri artık kimseden bir şey beklemiyor. İnsanlara olan bütün güvenini yitirmiş durumda.

*

Şair, hayattan bıktığını, hayatın kötü olduğunu anlatmak istiyor.

*

Gecekonduların birinde bir baba, çocuğunu boyacılıktan az para kazandığı için dövüp dışarı atmış. Gidecek yeri olmadığı için çocuk, gecenin karanlığında kapının önünde bekliyor. Gece ilerliyor, evlerin ışıkları bir bir sönüyor, kapılar kilitleniyor.

*

Genç bir kız umutsuzluk içinde. Okumak istemiş okuyamamış. Pencereden dışarı bakıyor. Ölen çocuğunu, ayrıldığı kocasını düşünüyor. Bir iş bulup çalışacak ama kimse ona iş vermiyor. Kapıcılık yapmaya, temizlik işçisi olmaya bile razı. Bu kıza, şehrin bütün kapıları kapalıymış gibi geliyor. Oturduğu evin kirasını veremediği için günlerdir gözüne uyku girmiyor. Sokağa ne zaman atılacağım, diye düşünüyor ve çok korkuyor.

YAŞLI ÖĞRETMENİN ORTAOKUL ÖĞRENCİLERİNE SORDUĞU YİRMİ BİRİNCİ SORU: AHMET TELLİ

Aşağıdaki dizeleri yorumlayınız:
BUZ RENGİNDE
Dokunsan parmaklığın demirine
Yapışıp kalacak ellerin orada
Ve uzanıp baksan karlı ovalara
Donduracak gözlerini gökyüzü
Öylece işlemiş demire ve göğe
Dağlardan kopan buzul soğuğu
Ama yine de kuşlar pervasızca
Aşıp gelmektedir tel örgüleri
Bulutlar çökmüş dağların
Karanlık gizli geçitlerine
Ses geçirmez bir örtü gibi
Sarmış kalın bitki örtüsünü
Kıpırdamıyor bir tek yıldız
Bir tek gölge bile yamaçta
Dumanlı ovalardan yukarı
Soluğu kesilmiş her şeyin
Durup şöyle bir yontu gibi
Bulutlara dağlara bakacaksın
Kurt ulumaları bile yoktur artık
Uğuldamaz köknarlar bile
Ama kuşlar yine de pervasızca
Aşıp gelmektedir tel örgüleri
Buz rengindeyse bile günler
Donuk ve pusluysa da öfke

Donmuş bir yeryüzü değildir
Yaşamın bütün bir görüntüsü
Ve dünya çepeçevre çevrilmiş
Olamaz dikenli tel örgülerle
Donmayan bir şey kalmıştır
Düşüncenin sımsıcak lığıdır o
Damarlarındaki devinimi duy
Ve suyun buz altında akışını
Soluğun yetebilecek mi dersin
Kendinden başkasına da biraz
Unutma ki kuşlar pervasızca
Aşıp gitmektedir tel örgüleri
(Ahmet Telli)
İlk Altı Dizenin Yorumu:
Demirleri bile dize getiren soğuk bir havada işlenen bir suçun cezası anlatılıyor.

*

Çok soğuk bir kış gününden söz ediliyor.

*

Bu şiir bana, okulumuzda yakacağın olmadığı soğuk kış günlerini hatırlattı. Bu kış kabanlarımızla oturduk sınıfta. Şair: "Dokunsan parmaklığın demirine yapışıp kalacak ellerin orada," diyor. Bu dizeyi: "Dokunsan okulun girişindeki demir kapıya, yapışıp kalacak ellerin orda," şeklinde değiştirirsek bizlerin nasıl bir kış geçirmiş olduğunu daha iyi anlatmış oluruz. Neden devlet okulumuza yeterli yakıt vermiyor anlamıyorum.

*

Doğal gaz fiyatı yüksek olduğundan kış günleri hep soğuk geçiyor. Bu şiir bana baharı anımsatıyor. Keşke hiç kış olmasa, hep yaz olsa.

*

Şair, havanın çok soğuk olduğundan söz ediyor. Belki de demek istediği; "Ey insanlar, bu kadar soğuğu hiç hak etmiyorsunuz. Keşke elimde olsa da güneşi üzerinizden hiç eksik etmesem..."

*

Bana göre şair lafı uzatıyor; "Hava çok soğuktu," diyeceğine, dokunsan parmaklığın demirine, baksan göğe diyerek boş konuşuyor.

*

Şair, sevdiklerinden asla ayrılamayacağından söz ediyor. "Sevdiklerinizden ayrılırsanız hayatınız birden kışa döner," demek istiyor.

*

Birinin hayatında kötü bir şey olmuş. Bu kişi şair de olabilir. Şair, yaşadığı bütün kötü şeyleri soğuk bir kış gününe benzetiyor.

*

Bir adam suç işlemiş. Hapishanede düşünüyor. Her taraf soğukmuş, hiç yaz gelmeyeceğe benziyormuş. Böyle düşünmesinin nedeni adamın umutsuz olması... Belki idama, belki ölünceye kadar hapis yatmaya mahkûm edilmiş. Sözü edilen kış, dışarda değil, aslında bu adamın içinde.

*

Sevgilisinden ayrılan bir adamın dünyası zindana dönüşmüş. Bu adam kendini hayatta tutuklu gibi hissediyor. Mevsim yaz da olsa yüreği ona: "Kışı yaşıyorsun," diyor.

*

Kış günleri bazen hava çok soğuk olur. Şair hatırlatıyor: "Kalın giysiler giyin, bol bol portakal yiyin," demek istiyor.

*

Şair, yoksul insanların kış günleri çok üşüdüğünden söz etmek istemiş. Bizim okulumuz da çok yoksul. Törenlerde okul müdürümüz su, elektrik, telefon faturalarını bile ödeyemediklerini söylüyor. Ama neden? Nasıl oluyor da devlet kendi okulunun su, elektrik, telefon faturalarını ödeyemiyor, bunu bir türlü anlayamıyorum.

*

Şair, çok soğuk bir sevgilisi olduğundan söz ediyor. "Böyle bir sevgiliniz olursa, yazınız kış olur," demek istiyor.

YAŞLI ÖĞRETMENİN ORTAOKUL ÖĞRENCİLERİNE SORDUĞU YİRMİ İKİNCİ SORU: AYDIN ŞİMŞEK

Aşağıdaki dizeleri yorumlayınız...

ÜÇ PLASTİK MAVİ KUŞ

1

Kadın evinde kuş besliyordu

Pencereye bakan

Duvara yapıştırılmış

Üç plastik mavi kuş

Kadın evinde yalnızdı

Kendine sevgiydi

Bir adama sevgili

Adam şiir yazıyordu

Şiirine kimliksiz aşklar yağıyordu

Duvarda zamana uyumlu

Eşantiyon saat asılıydı

Sehpasında sarhoş çalar saat

Zamanı unutmuş

Sedef kakmalı sandalyede uyuyordu kadın

Zamanın içindeydi, uyanıkta

Aslında adama benzemek istiyordu

Adam külden yapılmıştı

Rüzgârla sevişirdi

Kadının hüzünlü resimleri vardı

Hareli yorgun gözleri

Lekeliyordu kar beyaz perdeleri

Evinde yalnızdı

Beyninde yaralı atlar...

Adam çılgındı umarsız
Ahlaksız sözcüklerle geçiyordu geceden
Kadın geceyi çoğaltıyordu
Şiirin kalplerde ağıttı
Göçebe kürtlerin şavkunı ağırlıyordu
Kadın zengindi, aşksız/ yoksuldu...
Bölünmek ve bölüşmek için yoksuldu adam
Bu yüzden yaşamı erteliyordu
Ertesi sabah şiir yoktu, kadın yoktu
Şair kendini bekliyordu
2
Kimim? Kimin ömrüdür yaşadığın ve "ömrüm" dediğin kaç
Yaşındadır? Kaç sarhoşluk, kaç isyan, kaç bastırılmışlık ya da
Kaç kez teslim olmuşluktur sağduyuya?
Değişen nedir bir sabah çay fincanında? Beyaz peynir, yeşil
Zeytin, öksürük nöbetlerini kışkırtan sigara paketlerinde?
Akşamüstü taşıdığın aşkın neresindesin?
Sen ya da ben, bizler, sizler;
Bir sabah rüzgârı durdurabilir miyiz?
Denizi taşlıyordu kadın gözyaşlarıyla
Herhangi iyiliğe yaslanmış
Kendini dinliyordu
Gençti güzeldi, güneşli bir sabah
Ayrılığa kanat çırpıyordu
Şiir aşkı yeniyordu, şair aşka yeniliyordu
Kendine başkaldıran kıvılcımdı kadın
(Aydın Şimşek)

"Denizi Taşlıyordu Kadın Gözyaşlarıyla" Dizesiyle Başlayıp,
"Ayrılığa Kanat Çırpıyordu" Dizesiyle Biten Bölümün Yorumu:

Bir kadın çok üzgün... Öfkesini denize taş atarak gidermeye
çalışıyor. Neden üzgün olduğuna gelince; sevgiden anlamayan bir
sevgilisi varmış, başka bir kadın bulunca onu terk etmiş.

*

Dünyanın bütün karanlığı sevgilisinden ayrılan bir kadının gözlerine çökmüş. Bu kadın bir daha hiç mutlu olamayacağını düşünüyor. Hıncını taş atarak denizden çıkarmaya çalışıyor.

*

Terk eden sevgili kadın da olsa erkek de olsa fark etmez; sevginin değerini bilmeyen herkes deniz gibidir. Bazen durulur; "Seni seviyorum," der. Bazen dalgalanır; "Ben gidiyorum," der.

*

Bir kadın, herhangi bir derdini bile kimseye söyleyemeyecek kadar çekingenmiş.

*

Bir kadın iyiliğe ve yardıma çok muhtaç kalmış. "Ben neden bu kadar mutsuzum?" diye soruyor kendine. Belki de yaşadıkları bir film gibi gözlerinin önünden geçiyordur.

*

Bir kadın sevgilisinden ayrılmış. Şimdi deniz kıyısında, tek başına ne yapacağını bilemiyor.

*

Bir kadın kendi sesini dinliyor, denizi dinliyor, yalnızlığını dinliyor.

*

Kadın öyle öfkeliymiş ki, gözyaşları bile taş gibi sertmiş. İçinden kötülük geçiyormuş ama o yine de "herhangi bir iyiliğe yaslanayım daha iyi," diyormuş. İnsan bu hale ancak, sevgilisinden ayrılınca gelebilir.

*

Şiirdeki kadın, kendini üzen birini hatırlamış olabilir. Bu yüzden denizi taşlıyor.

*

Kadın ayrılmak istemiyormuş ama sevgilisi onu terk edip gitmiş. Gözyaşları su gibi akıyormuş. Sevgilisine şöyle demek istiyor: "Denizi değil, aslında seni taşlıyorum gözyaşlarımla!"

*

Şair bir duygudan, bir hayat öyküsünden söz ediyor. Bu öykü aslında hepimizin öyküsü... Özellikle de güzel bir sevgiliden ayrılanların öyküsü.

*

Kadının sevgilisi balıkçı olabilir. Adam, balık tutmak için denize açılmış ve bir daha dönmemiş.

*

Güzel bir kadının denizde boğularak ölen bir sevgilisi varmış. Bu sevgili çok iyi biriymiş. Ama deniz, onu sevgilisinden sonsuza kadar ayırmış.

*

Ne olursak olalım sadece insan olup iyiliğe kanat çırpalım. Annemizin, babamızın, bütün yakınlarımızın kıymetini bilelim. Kimseyi kırmayalım. Dostlarımız, sevdiklerimiz ölürse bir daha geri gelmezler. Doğruluktan, insanca duygular beslemekten hiç, ama hiç ayrılmayalım. Özlem acısı çok kötüdür. Sevdiklerimizin değerini onlar yanımızdayken anlayalım. Asla kötülük yapmayalım, daima iyi olalım. Zaman zaman durup kendimizi eleştirelim. İnsan her zaman dimdik ayakta kalamaz, doğanın kanunu böyledir. Hayatın akışına kapılıp gereksiz işlerle uğraşmayalım. Zaman zaman ağlayalım, gözyaşlarımızla denizleri taşlayalım. İnsanı insan yapan ağlamaktır.

Son Not:

Yaşlı öğretmenin yayınlanmayan kitabı burada bitiyor. Sözü edilen araştırma ile ilgili herhangi bir yorumda bulunmak istemiyorum. Sadece şöyle bir soru sormak istiyorum. O zamanlar, hangi kitabın yayınlanacağına karar veren ben olsaydım, bu kitabı yayınlamayı isterdim... Belki para kazanamazdım ama iyi bir iş yapmış olurdum. Ne dersiniz?

www.ingramcontent.com/pod-product-compliance
Lightning Source LLC
Chambersburg PA
CBHW021955170726
47994CB00021B/428